# Emilio

W9-BIA-661

# Emilio

## Julia Mercedes Castilla

Ilustraciones de Ricardo Vásquez

www.edicionesnorma.com

Bogotá, Buenos Aires, Ciudad de México,
Guatemala, Lima, San José, San Juan, Santiago de Chile

© Julia Mercedes Castilla, 1997
© Educactiva S. A. S., 1997
Avenida El Dorado No. 90-10, Bogotá, Colombia

Reservados todos los derechos.
Prohibida la reproducción total o parcial sin permiso
escrito de la Editorial.

Marcas y signos distintivos que contienen la denominación
"N"/Norma/Carvajal ® bajo licencia de Grupo Carvajal
(Colombia).

Impreso por Editorial Buena Semilla
Impreso en Colombia– *Printed in Colombia*
Abril, 2007

Edición: Cristina Puerta
Diagramación y armada: Blanca Villalba P.

61076005
ISBN 978-958-04-4149-6

# Contenido

# Un nuevo día

Todavía adormilado, Emilio se sentó en la cama sintiendo la aprehensión que lo despertaba todas las mañanas, y el temor a enfrentarse al día que tenía por delante.

—Vamos, Emilio, apúrese. ¿Qué le pasa, muchacho? En el campo se levantaba antes de que cantara el gallo, y aquí, si no vengo a sacarlo de la cama, no se mueve. Levántese que va a llegar tarde al colegio, después de todo lo que me costó conseguir el cupo y el dinero para meterlos a todos en un colegio y que no tuvieran que ir a la escuela pública —dijo Herminia, jalando las cobijas donde se había refugiado Emilio al oír a su madre.

Los ojos soñolientos de Emilio se resistían a enfrentar la luz del sol de la mañana.

—Estoy enfermo, mamá. Mejor no voy a clases hoy —el muchacho volteó la cabeza, huyendo de la mirada de su madre. Se había acostado tarde y no estaba de humor para otro día de clases.

Emilio no entendía lo que le pasaba. No podía dormir en la ciudad como lo hacía en el campo. Se sentía diferente, como si su cuerpo le perteneciera a otra persona. Hacía cuatro meses que había llegado a la ciudad. Su mamá y Jaime, su hermano mayor, habían llegado hacía casi un año. Emilio y Victoria, su hermana pequeña, se habían quedado con sus abuelos mientras su madre buscaba trabajo.

—Qué enfermo ni qué enfermo. ¡Levántese! ¿No se da cuenta de que vinimos a la ciudad para que usted y sus hermanos se eduquen, aprendan y tengan más oportunidades? La gente ignorante no llega a ninguna parte. Lo espero en la cocina en diez minutos.

Herminia salió del cuarto; su pelo negro parecía arrastrarse detrás de su figura pequeña y redonda.

—De verdad que no me siento bien —susurró Emilio, sin dar señas de mover un músculo. Su mente divagaba por los lugares donde había vivido toda su vida.

Emilio se sentía ya hombre, de acuerdo a la tradición de su pueblo. El próximo mes cumpliría doce años. Su papá siempre le había dicho que un hombre debía ser fuerte. Los ojos del muchacho se llenaban de lágrimas cada vez que pensaba en su padre, quien había muerto el año anterior. "Si estuviera vivo todo sería distinto para la familia", pensó Emilio frotándose los ojos. Su cuerpo rehusaba moverse y su mente no quería dejar a un lado las imágenes de su tierra.

Los ojos oscuros del chico se abrieron al nuevo día, obligado por las palabras de su mamá. Saltó de la cama, dispuesto a enfrentar otro día difícil y confuso que lo dejaría extenuado. A menudo soñaba ser el niño despreocupado de antes, corriendo por el campo o por las calles de su pueblo, antes de que la muerte de su padre y la "situación" —como decía su mamá— cambiaran el rumbo de su vida.

—¡Emilio!, ¿no le dije que estuviera aquí en diez minutos? ¡El desayuno está listo! —gritó Herminia, abriendo la puerta de la habitación por segunda vez.

—Ya voy —contestó el muchacho, apresurándose a meterse la arrugada camisa entre los pantalones. Su cuerpo pequeño y delgado se movía de un lado para otro en busca de los zapatos, las medias y los libros que había dejado en alguna parte, la noche anterior.

Con el cabello desgreñado, parte de la camisa saliéndosele por encima de los pantalones y los libros debajo del brazo, Emilio apareció en la cocina minutos más tarde.

—Lávese las manos y la cara, y péinese. Parece que hubiera dormido vestido como lo hacía en el rancho. Le he dicho mil veces que tiene que dar una buena impresión en la escuela, mejor dicho, en el colegio.

Emilio no contestó. No tenía la energía ni los deseos de discutir con su mamá. El muchacho dio media vuelta en dirección al pequeño baño donde hizo como si se lavara las manos y la cara. Todas la mañanas su mamá le decía lo mismo, como si fuera un niño de cinco años. Emilio no veía por qué tenía que lavarse todos los días cuando nunca lo había hecho antes. Desde que había llegado a la ciudad, su mamá creía indispensable que se lavara.

—Mamá, no me gusta esta comida. ¿Por qué no prepara un desayuno de verdad como lo hacía en el rancho?

Emilio hizo cara de disgusto al ver el plato de cereal sobre la mesa de la cocina.

—Ya le he dicho que no tengo tiempo para eso. Ya estoy tarde para el trabajo. Coma y no pelee. Jaime y Victoria ya se fueron a estudiar. Usted siempre se retrasa —Herminia se movía de un lado para otro, organizando los trastos—. Usted siempre hace que me retrase.

Emilio refunfuñó, sin llegar a poner en palabras lo que quería decir. No lograba acostumbrarse al cereal que su mamá les servía al desayuno. No le gustaba el sabor de las extrañas hojuelas dentro de su boca. No sabían a nada que él conociera. Herminia le decía todas las mañanas que el cereal era saludable, nutritivo y fácil de preparar, pero a él eso no le importaba. Añoraba el tradicional desayuno de su tierra. Le hacía falta el caldo con arepa con el que empezaba el día. ¿Por qué se sentía tan mal en la ciudad mientras que Jaime y Victoria parecían tener menos problemas?

Emilio no tocó el cereal, tomó dos tajadas de pan y los libros, y sin decir nada salió del pequeño apartamento.

El muchacho caminó despacio las seis cuadras que separaban su vivienda del colegio, demorando la llegada al lugar donde se sentía como un extraño. Aunque algunos de sus compañeros hablaban con él de vez en cuando, se sentía solo, casi olvidado. Era como si no existiera, o fuera invisible. El muchachito quería llorar pero no se atrevía. "Los hombres no lloran", decía su padre cuando lo veía llorar.

Emilio llegó tarde a clase. La maestra le lanzó una mirada acusadora y dijo algo que él no oyó. Sentía las miradas de sus compañeros sobre cada centímetro de su cuerpo mientras caminaba con la cabeza baja, en dirección a su puesto, en la parte de atrás del salón.

—La maestra le dejó dicho que no podía salir a recreo por haber llegado tarde —le dijo José—. Ella quiere que se quede en el salón haciendo la tarea de ciencias —José gozaba siendo el portador de malas noticias. No hacía sino adular a las maestras y hacerse el bueno. A Emilio no lo engañaba tan fácilmente.

Emilio desconfiaba de José pero no se puso en el trabajo de confirmar si era cierto o si era una mala jugada del desagradable muchacho.

—Está bien —le agradaba la idea de quedarse en la clase, escribir en el tablero o soñar despierto. Era mejor que salir a que sus compañeros lo trataran mal.

Después de tres meses de clases, Emilio no había avanzado ni un paso en sus estudios. Él sabía que parte del problema era que no ponía atención. Al final de las clases no tenía ni idea de lo que la maestra había dicho. No se podía concentrar aunque de vez en cuando lo intentaba. Su mente no lograba dejar atrás las imágenes de su pueblo, con el que soñaba día y noche.

—No se preocupe, Emilio, que pronto tendrá muchos amigos. Yo sé lo que le digo —le había dicho un día la maestra de matemáticas, quien parecía haber adivinado lo que pasaba por su mente. A él le pareció extraño que le hubiera dicho eso. La señorita Durán era una persona amable con ojos penetrantes que lo ponían nervioso. Emilio le había sonreído, pero no creía que llegara a hacer amigos entre gente tan rara y tan distinta de él.

A Emilio le gustaba aprender aunque creía que nunca llegaría a amoldarse al colegio, poner atención y asimilar lo que le decían. Todo se le enredaba en la cabeza.

—¡Eres un estúpido! —le gritó un muchacho en la cafetería a la hora del almuerzo.

Desde el primer día de clases Lucio lo andaba molestando. El pendenciero muchacho, de tamaño descomunal a los ojos de Emilio, se sentía superior y le había hecho la vida imposible.

—Ese muchacho no lo deja en paz, ¿cierto? —dijo una jovencita que nunca había visto, acercándose a la mesa donde comía solo.

—Yo no soy ningún estúpido. Él será est... —Emilio sintió que la sangre se le subía a la cabeza. Aunque le tenía pánico a Lucio, decidió pararse y defenderse.

—Siéntese, no le ponga atención. Es mejor ignorarlo —le dijo la niña, poniéndole una mano sobre el hombro. Su voz suave tuvo un efecto apaciguador.

—¿Cómo sabe mi nombre? —le preguntó sorprendido—. No me acuerdo de haberla visto.

—Me llamo Clara y estamos en la misma clase. La maestra lo llama a veces, por eso sé su nombre. Si se fijara en los demás me hubiera visto. ¿Por qué está siempre callado, mirando hacia el piso, como si estuviera asustado?

Emilio evadió la pregunta. No estaba de ánimo para hablar de sus problemas con una desconocida. Después de unos momentos,

Clara rompió el silencio y pronto entablaron conversación. Emilio descubrió que Clara era de su misma edad y que hacía un año había llegado a la capital. Como él, la niña venía de un pueblo pequeño de otro departamento.

Clara tenía la sonrisa más dulce que hasta ahora hubiera visto. Sin saber por qué, Emilio se sintió contento, sentimiento que hacía mucho tiempo no experimentaba.

—No se ve muy complacido en el colegio. A mí me pasó lo mismo, nunca creí que llegara a gustarme la vida en esta ciudad. Ahora tengo muchos amigos. ¿Quiere ir esta tarde conmigo al juego de basquetbol? Me voy a encontrar con ellos más tarde. Si quiere se los presento. Son buena gente.

Emilio no contestó de inmediato. La idea le gustó y lo emocionó, pero al mismo tiempo sentía temor. Hasta ahora, sus compañeros de clase no lo habían visto con buenos ojos. ¿Por qué lo iban a aceptar los amigos de Clara?

Casi sin su consentimiento levantó los hombros y dijo:

—Está bien.

—Nos encontramos a las tres y media, a la salida —dijo Clara, levantándose de la mesa.

Emilio se quedó quieto por un momento. El pánico se había apoderado de él. ¿Quiénes eran los amigos de Clara? ¿Qué lo había hecho aceptar la invitación? Seguramente se burlarían de él por ser un campesino ignorante como se lo gritaban a menudo muchos de sus compañeros de clase. Lo mejor sería irse para su casa y oír radio en su cuarto mientras gozaba de las imágenes del pasado, antes de que su papá...

—¡Cobarde! —gritó Lucio, empujando a Emilio y haciéndolo caer de la silla.

Emilio se levantó y antes de que su agresor reaccionara, lo empujó tan fuerte como pudo.

—No me vuelva a hablar así. ¡No voy a dejar que me siga insultando! —gritó Emilio. A su papá no le hubiera gustado que continuara sintiendo lástima de sí mismo. Casi veía a su papá frente a él, diciéndole que se portara como un hombre. Emilio no iba a desilusionarlo.

El grandulón no parecía esperar la reacción de Emilio. Se había quedado como una estatua con la boca abierta.

—Péguele —gritó alguien.

—No, estoy hasta la corona de peleas. No quiero tener que pegarle a todo el que se me atraviese. Pero... no voy a dejar que me sigan amedrentando —Emilio se alejó, dejando a su adversario en estado de confusión.

—No puedo creer que se haya defendido —dijo Clara, que se había detenido a conversar con dos de sus compañeras.

—Lo tuve que hacer —farfulló Emilio, continuando su camino—. No quería darle la oportunidad a Lucio de que me volviera a insultar.

Emilio decidió no pensar en Lucio, en José ni en los otros que parecían gozar insultándolo, aprovechándose de su desventaja física. No dejaría que le arruinaran el día. Había encontrado una amiga, la única amistad que había hecho desde que llegó a la ciudad.

Con emoción, anticipaba la invitación al partido de basquetbol, pero al mismo tiempo sentía temor, casi terror de los amigos de Clara.

"No he debido aceptar", la frase daba vueltas y vueltas en su cabeza.

# Nuevos amigos

Emilio no sabía qué hacer después de diez minutos de estar escondido detrás de una de las paredes del edificio del colegio. Clara lo buscaba hacía rato. Emilio la podía ver caminando de un lado para otro. El muchacho cambiaba de opinión cada minuto. Cuando ya estaba decidido a salir de su escondite para ir al partido de basquetbol, le entraba un terror tal, que lo paralizaba.

Su hermano Jaime no hacía sino decirle que saliera e hiciera amigos en vez de estar lamentándose a todas horas. Jaime se había amoldado a la ciudad como si hubiera vivido en ella toda la vida, lo que Emilio no entendía. Su hermano tenía razón, debía tratar de hacer amigos y divertirse.

Reuniendo un poco del coraje que le quedaba, Emilio salió al encuentro de Clara e inmediatamente se arrepintió, pero ya era tarde, Clara lo había visto y se acercaba a él sonriendo.

—Emilio, creí que no vendría. Ya me iba. Vamos, nos están esperando. Va a ver cómo nos vamos a divertir.

—No sé si deba ir. Seguro que no les voy a caer bien a sus amigos. Mejor me voy a mi casa. Tal vez... el próximo partido —Emilio quería salir corriendo para no afrontar el dilema en el que se encontraba.

—Así no va a hacer amigos nunca. Tiene que acostumbrarse a vivir aquí en la ciudad y no pensar más en su tierra. ¿No le parece mejor? Vamos que se está haciendo tarde —Clara lo jaló del brazo y lo sacó a la calle.

—¿Dónde es el juego? —preguntó Emilio, tratando de ocultar sus temores, aunque en ese momento hubiera dado cualquier cosa por refugiarse en su cuarto.

—Es en el colegio Altea, a unas ocho cuadras de aquí. Hace años que los dos colegios se pelean el campeonato. Ojalá ganemos este año. Vamos, Marcia y Pablo querían caminar con nosotros pero yo les dije que nos esperaran allá, así tenía tiempo para hablarle sobre ellos.

—Sí, es una buena idea —a Emilio se le despertó la curiosidad.

—Son muy buena gente, nada que se le parezca a Lucio y a sus amigos —Clara hizo una pausa para despedirse de una muchacha que pasó por su lado como una exhalación—. Pablo y Marcia son mellizos, y están un año adelante de nosotros.

—¿Y los otros? —preguntó Emilio después de atravesar la calle.

—Seguro que le van a caer bien. Somos cinco conmigo y cuatro vivimos en el mismo vecindario y tomamos el autobús juntos. Catalina es la única que no está en el mismo colegio. Ella va a un colegio de monjas. Mi mamá dice que los papás de Catalina quieren que aprenda religión y todo sobre Dios. Ella es hija única. A mí me gustaría ser hija única —Clara guardó silencio por unos momentos, como esperando la reacción de Emilio quien no hizo ningún comentario.

—El otro es Alí, un muchacho callado, así como usted. Es extranjero, de Jordania o Arabia o algo así. Alí no es su nombre verdadero, pero como no lo podemos pronunciar, lo llamamos Alí. Marcia lo trajo al grupo hace unos dos meses y anda con nosotros desde entonces.

—Después de todo parecen ser buena gente. Ojalá que yo les caiga bien. ¿Qué cree? —Emilio estaba convencido de que no sería así.

—No tengo la menor duda de que se van a entender muy bien. Ya llegamos. Allá veo a Pablo —Clara saludó a alguien que estaba entre un montón de muchachos apiñados a la entrada.

A Emilio le pareció que el grupo de gente se le venía encima, y que lo miraba con desprecio. Perdió la poca confianza que había logrado mantener hasta el momento.

—Creo que es mejor que me vaya a casa —dijo Emilio, sintiendo un desagradable vacío en el estómago. No sabía por qué sentía tanto temor.

—No crea que se va a escapar así de fácil —Clara lo tomó del brazo con firmeza.

Emilio creyó que iba a romper a llorar como un niño asustado. Después de haber sufrido pobreza, violencia, desgracia y dolor, no lograba entender el sentimiento de miedo que experimentaba al enfrentarse a jóvenes de su misma edad.

—Hola, Clara. Estábamos esperándola, los otros nos están guardando los puestos —dijo un muchacho bajito de cara amable.

—Pablo, éste es mi amigo, Emilio.

—Hola, Emilio. Clara nos habló de usted. Me alegro que haya venido. Síganme. Con toda esta gente es difícil guardar puesto. Fuera de eso aquí nadie respeta —dijo Pablo, riéndose de buena gana.

—Hola —murmuró Emilio, siguiendo a Clara y a Pablo que casi corrían. A Emilio le cayó bien Pablo. La actitud despreocupada del muchacho lo hizo sentir mejor.

Los gritos entusiasmados de la hinchada ahogaron las palabras de presentación del resto de los amigos de Clara, dándole tiempo de acomodarse al lugar. Emilio no estaba interesado en el juego, del que pocos conocimientos tenía, sino en los amigos de Clara que acababa de conocer. Se había sentado al final de la banca, junto a Clara, desde donde estudiaba al grupo.

Marcia, la hermana melliza de Pablo, era una muchacha delgada, de anteojos y cola de caballo. A Emilio le pareció que tenía cara de estudiosa. La joven miraba a Emilio con curiosidad.

—Me alegro de que haya venido al partido —dijo Catalina—, sacando la cabeza por detrás de Clara.

—Gracias —Emilio sintió las mejillas calientes, y estaba seguro que las tenía tan rojas como el cabello de Catalina. No supo qué decir; era como si la lengua se le hubiera paralizado. No levantó los ojos, convencido de que la niña pelirroja se burlaría de él. Se sentía incómodo conversando con Catalina. Niñas como ella iban a los colegios caros y elegantes de la ciudad.

—¿Quieren un dulce? —Catalina le extendió una mano con varios dulces de colores, envueltos en plástico transparente.

—Gracias —repitió Emilio, sintiéndose como una idiota. Tomó uno de los dulces y trató de sonreír, con una sonrisa que más parecía una mueca.

¿Por qué estaban los amigos de Clara tan amables con él? ¿Le tendrían lástima? Eso no le gustaba nada. Emilio Orduz no necesitaba la caridad de nadie. Seguramente, Clara les había dicho que fueran amables con él y lo trataran como a un pobre e indefenso muchacho, al que nadie le ponía atención. Emilio sintió que se le subía la sangre a la cabeza, lo que le pasaba cada vez que se sentía humillado. Lo último que quería era que lo trataran como el "pobre Emilio". Si alguien quería ser su amigo lo haría por él y no por lástima.

El muchacho al que llamaban Alí volteó su rostro sonriente hacia Emilio, haciendo que éste se enojara aún más. Alí tenía los ojos más grandes y más negros que jamás hubiera visto. El chico dijo algo que Emilio no oyó. En el estado de ánimo en el que se encontraba no estaba para oír más sandeces. Pretendió concentrarse en el juego. ¿Por qué le sonreían como si fuera una obligación?

Emilio sintió que la cabeza se le explotaba de la ira. Si se hubiera ido para la casa como había pensado, no hubiera tenido que pasar por... No, no iba a convertirse en un caso de caridad. Tan pronto como Alí devolvió su mirada hacia el juego, Emilio se escurrió de su asiento sin percatarse de que Lucio y otro muchacho le seguían los pasos.

Caminaba rápido, empujado por la rabia que se revolcaba en su pecho. ¿Qué se creían? Lo que más deseaba en ese momento era correr a su casa y esconderse en su cuarto para siempre.

Consideró la posibilidad de tomar un autobús que lo llevara de vuelta a su tierra, donde, a pesar de los últimos acontecimientos que los habían forzado a abandonarla, había sido feliz. De alguna forma conseguiría el dinero para el pasaje. Una vez que llegara a su pueblo todo sería distinto.

Su mente estaba a kilómetros de distancia, absorto en los planes que su imaginación creaba. No oyó los pasos que lo seguían a corta distancia.

Emilio no tuvo oportunidad de defenderse. Sintió un golpe y un empujón, y cayó de cara contra el pavimento, la nariz sangrando y su ego por el suelo.

Una carcajada burlona y cruel resonaba en sus oídos, humillándolo aún más. Lucio y su amigote, Cato, continuaban riéndose:

—Estamos uno a uno, estúpido idiota.

Fue tal la furia de Emilio que estuvo a punto de lanzarse encima de sus enemigos. A toda costa quería hacerles pagar al par de truhanes lo que le habían hecho, pero a mitad de camino se dio cuenta de que estaba en desventaja. Lucio y Cato eran mucho más grandes y fuertes que él. Cato era un gigante en el que parecían haberse mezclado todas las razas de la humanidad.

Si los hubiera visto, no hubiera dejado que se acercaran. Su mejor defensa era la agilidad de movimiento. Emilio era un experto corredor, talento que había adquirido en el campo, corriendo con los animales y escapándose de los humanos. Sabía cómo pasar con su menudo cuerpo por pequeñas aberturas, y zafarse de situaciones inesperadas e indeseables. Pero estos solapados lo habían tomado por sorpresa y lo habían atacado por detrás.

—Ustedes no valen nada, y sólo merecen que los escupa —Emilio escupió tan lejos como pudo.

Lucio y Cato continuaban riéndose, sin prestarle atención a la rabieta.

Emilio se limpió la sangre de la nariz con la manga de la camisa y se alejó tan rápido como pudo, jurando que pagarían lo que le habían hecho, aunque tuviera que demorar el viaje a su pueblo. A su papá no le hubiera gustado que no se defendiera. Tenía que buscar una forma de hacerlo sin usar los puños ni la violencia.

¿Tendría Lucio razón? ¿Sería él un cobarde? La verdad era que Emilio detestaba pelear.

# ¿Por qué yo?

Con el corazón oprimido y el cuerpo dolorido, Emilio caminó hasta su casa, preguntándose constantemente "¿Por qué yo?" ¿Qué tenía él distinto de los demás para que lo trataran de esa manera? Le pegaban e insultaban o lo hacían sentir como si fuera un infeliz al que se le tiene lástima.

¿Por qué se sentía extraño y diferente? Emilio no tenía respuestas para las preguntas que se agolpaban en su mente, pero sí tenía un terrible dolor de cabeza y un avasallador deseo de pertenecer, de ser aceptado y de vivir como cualquier otro muchacho de su edad.

—¿Estuvo en una pelea? —le preguntó Jaime cuando lo vio entrar en la cocina donde se preparaba una merienda de pan y soda.

—No quiero hablar de eso —Emilio continuó su camino hacia el cuarto.

—¿Dónde va? Venga, cuénteme qué pasó. ¿Fue una pelea buena? Le pegaron duro —Jaime tomó a Emilio de la camisa y lo hizo volver la cocina.

—Déjeme en paz. No tengo por qué decirle nada —Emilio trató de zafarse—. Déjeme ir.

—¿Qué le pasa? ¿Por qué está tan enojado? Está bien, váyase, a mí qué me importa. Es su problema si deja que los demás lo traten mal y después se esconde como un ratón muerto de miedo —Jaime soltó a Emilio y se comió su merienda.

Inclusive su hermano estaba en contra suya. Los ojos de Emilio se llenaron de lágrimas. Se quedó parado en la mitad de la cocina con un nudo en la garganta que no lo dejaba hablar.

Emilio hubiera querido ser como Jaime, que se parecía a su papá, alto y buen mozo. Tenía los mismos ojos castaños y pestañas largas del padre que Emilio recordaba tan bien. Le dolía ver retratado a su papá en el rostro de Jaime y no en el suyo. Según su mamá, Emilio era pequeño, delgado y tímido como el hermano menor de ella, que había muerto cuando niño.

Emilio no pudo contener más las lágrimas y salió corriendo al pequeño cuarto que compartía con su hermano.

Confiando en que nadie lo molestara, se encerró a rumiar sus tristezas. Jaime sólo entraba a dormir, dándole a Emilio la oportunidad de usar el cuarto como guarida, donde se escondía del resto del mundo.

El solo hecho de pensar que su propia familia sentía lástima de él lo agobió. No se había dado cuenta de que lo trataban como a un niño indefenso. Esto atormentó a Emilio tanto como los problemas que tenía con sus compañeros de colegio.

—¿Por qué le gusta estar aquí solo? Ya no juega conmigo como cuando estábamos en el rancho —dijo Victoria, irrumpiendo en la alcoba—. Estoy aburrida. No me gusta llegar a este apartamento tan pequeño. Aquí no hay dónde correr ni jugar. Emilio, dígale a mamá que regresemos a nuestra casa. Yo le he dicho, pero no me hace caso.

Emilio se quedó mirando a su hermana menor, molesto con la intromisión que interrumpía su sufrimiento. No estaba de ánimo para hablar ni jugar con Victoria, a pesar de que la pequeña tenía un lugar muy especial en su corazón. Era una niña hermosa y dulce que todos querían y mimaban.

—No tengo ganas de jugar. ¿No se da cuenta de que ya no soy un niño? Déjeme solo.

—Antes sí jugaba conmigo. Aquí todo es diferente. Quiero volver donde vivíamos antes —se quejó Victoria, haciendo pucheros—. Aquí no la pasamos bien y todos ustedes se portan raro. Mamá nunca está. Papá se fue al cielo. Jaime cree que es muy importante y se la pasa con sus amigos. Y usted ni siquiera quiere jugar conmigo.

Emilio se sorprendió con las quejas de su hermanita.

—Pensé que sólo yo me sentía mal. Yo también quisiera regresar al pueblo. No me gusta la ciudad, es muy diferente. Odio el colegio —Emilio no continuó, incapaz de compartir con la niña sus problemas escolares. Sería como admitir que él era menos que los demás, y eso nunca lo haría.

—¿Quiere que juguemos Bingo? Ya terminé las tareas —Victoria se quitó el pelo de la cara y lo aseguró con la hebilla que se le había resbalado.

—Tal vez más tarde —dijo Emilio, tratando de apaciguar a la pequeña.

—No, ahora, y no haga mala cara.

Emilio sonrió. La visita de su hermana lo había sacado de sus cavilaciones.

—Cuando vivíamos en el campo no sabíamos que éramos pobres. Todos allá eran como nosotros. En la ciudad somos pobres y distintos y no me gusta cómo nos miran —Emilio se quedó pensativo.

—¿Cómo nos miran? —preguntó Victoria.

—¿Los niños en su clase son buena gente? ¿No se burlan ni le dicen estúpida porque viene del campo?

—No, sólo hay dos muy malos. La señorita Jiménez dice que son unos desobedientes. Nydia nos pega a todos y siempre está peleando y Manuel es... —la niña gozaba contándole a Emilio las maldades de los niños pendencieros de su clase.

Emilio ya no escuchaba a su hermana. Su mente continuaba preguntándole, "¿por qué yo?"

—¿Jugamos? Me lo prometió —dijo Victoria después de terminar de hablar de Nydia y Manuel, quienes parecían proveer los momentos más emocionantes en la vida escolar de Victoria y sus compañeros.

—No me gusta jugar Bingo. Es un juego estúpido —dijo Emilio malhumorado.

—Pero, me lo prometió —repitió Victoria, haciendo más pucheros.

—Está bien, pero sólo un juego. Ya le dije que no estoy de ánimo para juegos idiotas —Emilio no le podía negar nada a su hermana, y ella parecía saber cómo hacer para que Emilio hiciera lo que ella quería.

Los dos hermanos eran muy unidos. Emilio se sentía el protector de la pequeña. Cuando vivían en el campo y eran felices, él llevaba a su hermanita a todas partes, lo que a ella le encantaba. Aun eso había cambiado. Ahora Emilio se sentía desdichado la mayoría del tiempo y ya no salían juntos casi a ningún sitio.

Victoria salió corriendo a buscar el juego en el cuarto de al lado, que compartía con su madre, regresó al poco tiempo con una caja roja de cartón. La niña sacó de la caja unas tarjetas tan usadas que casi no se podía ver lo que tenían escrito.

—Llamemos a Jaime. Es mucho más divertido si jugamos varios. Voy a buscarlo —Victoria volvió a salir corriendo en busca de su hermano mayor.

—No vale la pena llamarlo, él no va a jugar con nosotros —dijo Emilio, pero Victoria ya había salido.

La niña regresó refunfuñando.

—Jaime dice que está muy grande para jugar con nosotros.

—¿Eso dijo? Yo sí puedo hacerlo aunque no quiera, y él no hace sino lo que le viene en gana. ¿Qué se está creyendo? —la actitud de su hermano lo sacó de quicio. Últimamente Jaime los miraba como si él y Victoria fueran un par de idiotas—. Ya veremos —dijo Emilio, corriendo hacia la cocina.

Victoria lo siguió.

—¿Jaime, usted se cree mejor que nosotros? Yo sí puedo jugar con Victoria pero usted es demasiado importante para... Estoy harto de que nos trate como si fuera de mejor familia. ¿Cuál es su problema? —Emilio estaba tan furioso que confundía las palabras.

Desahogar la tensión y la ira que tenía guardada le produjo alivio.

—¿De qué habla? —Jaime lo miró con cara de sorpresa.

—No se haga el bobo. Se cree muy inteligente, muy mayor y muy... lo que sea, como para rebajarse a jugar con Victoria, o hablar conmigo. El ser alto y bien parecido no le da derecho de portarse así.

—Usted fue el que no quiso hablar conmigo, ¿o es que no se acuerda que le pregunté por qué tenía la nariz reventada? De todas maneras no me gustan los juegos. ¿No se da cuenta de que ya no soy un muchachito? Llegué aquí primero y tengo muchos amigos. Los muchachos de mi edad hacen otras cosas. Usted y Victoria son unos mocosos. ¿Por qué está tan bravo? —Jaime no pareció darle mucha importancia a la pataleta de su hermano, lo que acabó de sacar a Emilio de sus casillas.

—Yo no soy ningún mocoso, y no tiene por qué tratarme así. Se supone que debe ayudarnos y no olvidar que existimos —Emilio continuó vociferando su descontento y peleando con la única persona con la que podía hacerlo, algo que necesitaba en ese momento.

—Sí, se supone que debe ayudarnos —dijo Victoria en voz baja.

—¿Qué diablos le pasa? —preguntó Jaime, sorprendido con el arranque de cólera de su hermano.

—¿Qué pasa, muchachos? ¿Por qué están peleando? Ni siquiera me oyeron entrar —exclamó Herminia, poniendo la cartera de imitación de cuero y una bolsa de papel sobre la mesa de la cocina.

—No sé qué le pasa a Emilio, mamá. Lleva un rato ahí gritando e insultándome. Tuvo una pelea en el colegio y llegó con la nariz sangrando, y ahora se está desquitando conmigo.

—Jaime cree que ya es muy grande como para jugar con Victoria o tener nada que ver conmigo. Solamente nos habla para que hagamos lo que él quiere. Se siente muy importante porque tiene amigos. Él era muy distinto cuando vivíamos allá en el pueblo —dijo Emilio, tratando de no llorar.

—Esa actitud agresiva no los va a llevar a ninguna parte. Aquí en la ciudad todo es diferente. Así que lo mejor es que se hagan a la idea. Jaime, usted debe estar pendiente de sus hermanos y no pelear con ellos. Emilio, usted no puede seguir pensando en lo que quedó atrás. No vamos a regresar. Vamos a seguir adelante, no importa lo que cueste. He trabajado muy duro para que ustedes se eduquen y tengan un futuro.

—Pero, mamá —dijo Emilio.

—No hay pero que valga. ¿No se han dado cuenta de que para mí también fue muy difícil dejar mi tierra? Jaime y yo estuvimos arrinconados en la casa de su tío Pedro por mucho tiempo antes de que yo encontrara trabajo y pudiera traerlos a todos. Yo no sabía hacer nada más que trabajar la tierra, y no muy bien. Tuve suerte de haber encontrado un trabajo decente en el supermercado. No es mucho lo que se puede hacer sin educación ni entrenamiento, y no quiero que a ustedes les pase lo mismo.

El discurso de Herminia dejó a sus hijos sin habla. No estaban acostumbrados a esa clase de sermones. La madre se había limitado a cuidarlos lo mejor que podía y a decirles lo que debían hacer. Emilio no sabía que su mamá pudiera decir tantas cosas a la vez. Seguramente había cambiado como los demás. ¿Dónde estaba su verdadera familia?

Herminia los miró con reproche.

—Espero que ya hayan hecho sus tareas y deberes. Ahora ayúdenme con la comida. Jaime, ponga lo que hay en esa bolsa en su lugar. Emilio, lávese las manos, pique una cebolla grande y después saque la basura. Victoria, ponga la mesa.

Emilio pasó las manos por debajo del chorro de agua y salió corriendo con la bolsa de basura. Se haría cargo de la cebolla más tarde. Necesitaba aire fresco para reponerse de los acontecimientos del día. Mientras caminaba hacia el bote de la basura se preguntaba si algún día llegaría a pertenecer a la ciudad inhóspita y fría. Si sólo pudiera regresar...

# Un mal día

¿Con qué cara iba a mirar a Clara después de haber salido corriendo del partido de basquetbol sin despedirse? Clara no ha debido pedirles a sus amigos que fueran amables con él, como si fuera una obligación. Por tercera vez había llegado a la esquina del colegio y se había devuelto. Ya estaba retrasado más de quince minutos.

—¿Para dónde va, muchacho? ¿Por qué no entra? —le preguntó un policía desde un automóvil que pasaba por ahí—. Llevo varios minutos observándolo y me parece que su comportamiento es muy sospechoso. ¿Tiene algo qué decir?

—¿Qué? —Emilio se aterró al ver al policía. Las piernas se le aflojaron y creyó que se iba a desmayar.

—¡Conteste! —le ordenó el policía.

—Nada —murmuró Emilio. Hubiera preferido enfrentarse a Clara, a Lucio, a lo que fuera, y no al policía que le ponía la carne de gallina. ¿Por qué no había entrado a clase a tiempo?

—¿Nada? ¿Espera que le crea? Estoy seguro de que no se trae algo bueno entre manos. ¿Es estudiante de este colegio?

—Sí, señor —respondió Emilio en voz tan baja que a duras penas se le oía.

—Bueno, entonces vamos adentro a hablar con la persona encargada. Súbase al automóvil —le ordenó el agente.

—Yo puedo caminar hasta allá. No es sino una cuadra —Emilio vivía uno de los peores momentos de su vida.

—¡Súbase al automóvil, le dije! ¿No me oyó?

Emilio sintió que el piso se le movía bajo los pies, la cabeza le daba vueltas y las piernas le temblaban de tal forma que no creyó poder caminar los pocos pasos que lo separaban del vehículo.

—¡De prisa, que no tengo todo el día para esperarlo!

El chico obedeció en silencio. No cruzaron palabra durante el corto recorrido.

—Bájese y venga —el agente se bajó y esperó a que Emilio hiciera lo mismo.

Al salir del vehículo Emilio tropezó con algo y se cayó, desapareciendo de la vista del policía, quien al instante apareció frente al muchacho asustado. Emilio se sintió como una hormiga a la que van a aplastar con la suela del zapato. Se levantó como pudo, recogió los libros y se dispuso a enfrentar su suerte. ¿Qué había hecho para encontrarse en semejante lío?

Emilio tenía tanto susto que creyó mojarse en los pantalones. Sólo pensarlo lo llenó de vergüenza. Al entrar en el colegio sintió que algo caliente le bajaba por la pierna. El pánico congeló todo movimiento.

—Señor agente, necesito ir al baño —dijo Emilio tan pronto como pudo hablar.

—No crea que me va a engañar con ese truco. Vamos, tengo otras cosas qué hacer.

—Por favor —imploró Emilio sollozando, los ojos fijos en sus pantalones mojados.

—Por lo que veo, ya es tarde. No... ¿A qué le tiene tanto miedo? ¿Qué está escondiendo?

—No estoy escondiendo nada, se lo prometo. No hice nada malo. Es sólo que no quería entrar a clase porque ayer peleé con un compañero. Por favor, señor agente, déjeme ir. Le prometo no hacerlo otra vez —Emilio no sabía qué era lo que estaba prometiendo, puesto que no sabía qué había hecho. Hubiera prometido cualquier cosa con tal de salir corriendo e irse al lugar más remoto que encontrara.

—¿Tenía intenciones de entrar en el colegio o estaba planeando algo que no quiere que sepa?

—¿Qué? —preguntó Emilio sin entender a qué se refería el hombre que lo miraba en forma peculiar. Nada de lo que le estaba pasando tenía sentido.

El policía repitió la pregunta.

—Sí, señor, claro que iba a entrar —Emilio veía la mancha mojada agrandarse sobre sus pantalones color caqui. Hasta el calcetín lo sentía mojado.

—Si lo vuelvo a ver por ahí vagando cuando debería estar en clase, no sólo lo llevo a donde el rector, sino a la estación de policía. ¡Vaya!, entre. No va a tener un buen día con esos pantalones mojados, además lo van a castigar por llegar tarde. Adiós.

El agente dejó a Emilio de pie frente a la puerta de entrada. Desde la calle lo observaba. Su primer impulso fue el de salir corriendo hasta su casa antes de que alguien lo viera. Pensándolo bien, resolvió que no era una buena idea. No podía arriesgarse a caer otra vez en las garras del policía. Lo mejor que podía hacer era ir al baño, secarse como pudiera, y después encontrar un sitio donde esconderse el resto del día.

El lugar estaba desierto, pero no lo estaría por mucho tiempo. En unos diez minutos habría cambio de clases, y todos los estudiantes estarían corriendo de un lado para el otro. Emilio no se esperaría a que lo vieran así. Casi en punta de pies caminó hasta el baño.

La suerte no acompañaba a Emilio ese día. Abrió la puerta del baño con cuidado y entró. En ese momento alguien salió de uno de los baños.

—¡Ja, ja, ja, ja! Se mojó en los pantalones —gritó José al verlo—. Espere a que se lo cuente a los demás. Esto va a ser muy divertido.

—No, no es eso, es agua que me derramé. No... —Emilio se dejó caer al piso.

José soltó una carcajada y salió corriendo. Las alternativas que tenía Emilio no eran halagadoras. Si se iba para la casa, el policía, que seguramente estaba esperándolo afuera, lo detendría. Si iba a la oficina del rector para pedirle permiso de irse, se exponía a que lo castigaran por haber llegado tarde y quién sabe qué más le harían. Si se quedaba, sería el hazmerreír del colegio, y nunca más podría volver a mostrar su cara en el lugar. No habría ser humano que lo obligara a volver.

La única posibilidad que tenía era encontrar un sitio para esconderse el resto del día. En el baño no vio nada que se pareciera a un escondite.

José y los otros no demorarían en llegar para burlarse de él. Tenía que encontrar una forma de protegerse de la catástrofe que le venía encima. La ventana detrás del lavamanos llamó su atención. Tendría que escaparse por esa ventana antes de que llegaran sus compañeros a arruinarle la vida.

Con la angustia corriéndole por el cuerpo, Emilio trató de abrir la ventana, pero no se movió ni un centímetro. El muchacho forcejeó hasta que los dedos se le entumecieron. "Tiene que salir antes de que lo encuentren", le decía su mente con urgencia.

—Por favor —dijo en voz alta, levantando los ojos hacia la parte superior de la ventana, donde descubrió dos pequeños metales. No se le había ocurrido que estuviera asegurada. El ruido de voces que se acercaban hizo que sus dedos doloridos, de alguna forma, aflojaran los cierres y pudieran abrir la ventana lo suficiente para escurrir su pequeño cuerpo fuera del recinto.

—El bebé se mojó en los pantalones. ¡Emilio!, ¿dónde está? Queremos verlo. No estará corriendo por todo el colegio con los pantalones orinados, ¡ja, ja, ja! —gritó alguien entrando en el baño en el momento en que Emilio tocaba el pasto con sus pies.

Al alejarse oyó voces y risas antes de que quienes lo buscaban se dieran cuenta de dónde estaba. Corrió hacia la parte de atrás del edificio en busca de un arbusto o escondite donde nadie lo pudiera encontrar.

El único sitio posible era detrás de las plantas que se encontraban a lo largo de la pared formando un arriate. Con la velocidad de un rayo saltó detrás de éstas, quedando aprisionado entre la pared y el follaje. Afortunadamente para él, su cuerpo delgado y pequeño se amoldó al reducido espacio.

Las flores de colores de las plantas que lo escondían le recordaban las flores de su tierra. Cerró los ojos. Por un momento pensó que al abrirlos estaría corriendo por los campos que añoraba.

Se acomodó lo mejor que pudo, sentándose contra la pared, con las rodillas levantadas y los pies debajo de las plantas. Resignado a su suerte, Emilio se dispuso a pasar el resto del día entre las flores. Los pantalones mojados le produjeron un frío que lo estremeció.

El tiempo pasaba tan despacio que había llegado a convencerse de que nunca terminaría. Seguramente pasaría el resto de su vida detrás de las hojas y las flores que lo tenían mareado. Tenía las piernas y el trasero completamente entumecidos. Decidió ponerse de pie y estirar su cuerpo, cuando oyó ruidos y voces que se acercaban.

Si lo descubrían, se moriría de la vergüenza. Los pantalones ya estaban casi secos. De todas maneras no podía salir; no podría explicar lo que hacía escondido en ese lugar. Además, José se las arreglaría para que todos los estudiantes del colegio se enteraran de que se había mojado en los pantalones. No le quedaba más remedio que esperar y no hacer el menor ruido.

—¿Trajo los cigarrillos? —preguntó una voz ronca tan cerca de donde se encontraba Emilio que creyó que le estaba hablando a él.

—Sí, traje dos. Iba a traer más, pero mi papá me pilló antes de que tuviera tiempo de sacarlos. Esperaba traer unos cuatro o cinco —contestó una voz asustadiza.

Por entre las ramas Emilio observó a las personas que hablaban a pocos pasos de su escondite. Los dos muchachos le eran desconocidos. Seguramente estaban en otro curso.

—¿Qué espera? ¡Démelos! —ordenó el chico de la voz gruesa, con la mirada puesta sobre las plantas que protegían a Emilio.

"Dios mío, me descubrieron", articularon los labios de Emilio sin sonido alguno. El muchacho de la voz ronca tenía cara de pocos amigos. Emilio no se atrevía ni a respirar.

—¿Viene conmigo a fumar detrás de la tapia o se va a quedar ahí mirando los cigarrillos hasta que nos descubran—dijo el muchacho, que para entonces Emilio consideraba feroz—. Y mañana no se le olvide traer más cigarrillos, con 's' final.

—Seguro que sí —contestó su compañero.

Emilio no había considerado seriamente la posibilidad de fumar, no todavía. Allá en su tierra casi todos fumaban. Hacía un par de meses su mamá había encontrado a Jaime con un cigarrillo en la boca y lo había castigado después de decirle como cien veces que fumar era malo, que lo había oído por la radio en el programa de "Respondemos". Emilio tenía curiosidad y seguramente algún día probaría, por lo menos se fumaría uno.

—¿Dónde cree que se metió? Seguramente alguna de las maestras lo sorprendió por ahí vagando y lo llevó a la oficina del rector. Debe estar castigado. Cato, si lo hubiera visto, todo orinado y hecho un desastre.

Emilio reconoció la voz de José, y sabía perfectamente que se refería a él. ¿Con quién estaba? No podía ver las caras, sólo los pies de varias personas.

—No puedo creer que me haya perdido de verlo. Cómo me hubiera divertido burlándome de él hasta hacerlo llorar. Hubiera sido una dulce venganza por habernos escupido a Lucio y a mí. El enclenque ese cree que puede encararse a nosotros. He debido pegarle más fuerte ayer —Cato levantó el puño como si fuera a golpear a alguien.

Una corriente de frío pasó por la espalda de Emilio de sólo pensar en Lucio y en Cato burlándose de él enfrente de todos sus compañeros de clase. "Diosito, no deje que me encuentren".

La voz de Clara interrumpió su rezo.

—¡Por qué no dejan a Emilio en paz? ¿Qué les ha hecho para que le hagan la vida imposible? No es justo que lo molesten sólo porque no es tan grande, tan fuerte ni tan agresivo como ustedes —Clara hablaba con tal vehemencia que a Emilio se le humedecieron los ojos.

—¿A usted qué le importa? No se meta donde no la han llamado. Váyase, ocúpese de lo suyo —dijo Cato con toda la ironía de la que era capaz.

—Yo no quiero tener nada que ver con usted, pero lo oí hablar mal de un amigo y eso no se lo permito.

—Atrevida la muchachita, ¿no? Es mejor que se vaya a buscar a sus amigos antes de que me haga perder el control. No quiero pelear con una estúpida niña —Cato se había puesto rojo de la furia.

Emilio hubiera querido saltar por encima de las matas y pegarle a Cato con toda su fuerza, pero sabía muy bien que tenía que encontrar otra forma de hacerse sentir.

—¡Déjelo en paz! —exclamó Clara, alejándose y dejando a Cato con la palabra en la boca.

—No le ponga atención. A Clara le gusta ayudarle a los perdedores —dijo José en el momento en que sonó la campana de fin de recreo.

En pocos minutos las voces se habían esfumado. Emilio estaba otra vez solo, esperando a que se acabara el día. Se sintió mal por haber abandonado a Clara y a sus amigos el día anterior, pero no le gustaba que lo consideraran como un perdedor, un pobre diablo al que no se trata como a los demás.

Después de una eternidad se terminaron las clases. Emilio había esperado más de una hora, asegurándose de que no quedara nadie en el edificio, antes de aventurarse a salir de su escondite. Le dolían todos los huesos del cuerpo, y también le dolía el alma. Se sentía desgraciado, enfermo y sin ánimos para enfrentarse a un mundo que no entendía y que lo trataba con tanta crueldad. Había sido un mal día, un día que nunca olvidaría.

# Mamá, necesito una excusa

—¿Cómo le fue en el colegio? —le preguntó Jaime cuando lo vio entrar.

Emilio esperaba llegar a su cuarto sin que lo vieran. La pregunta de Jaime lo sorprendió. ¿Desde cuándo se interesaba su hermano por él? Debía estar muriéndose de la curiosidad por saber por qué había llegado con la nariz sangrando el día anterior o, ¿sería que había llamado la policía, o alguien del colegio?

—¿Por qué? —preguntó Emilio.

—¿Quién lo entiende? Malo si se le habla y malo si no. ¿En qué quedamos? Usted y Victoria le dicen a mamá que no les presto atención, pero apenas trato de ser amable, me contesta con dos piedras en la mano —Jaime parecía estar en ánimo juguetón, como si también quisiera burlarse de él.

—Está bien —Emilio no supo qué más decir. No se sentía de humor para conversar con nadie sobre el colegio, y menos con Jaime. Lo peor era que le tendría que decir algo a su mamá, necesitaba que le diera una excusa escrita por no haber ido a clases. El mal día no parecía tener fin.

Jaime se quedó mirándolo como si esperara una explicación.

—¿Eso es todo lo que tiene que decir? Entonces no se queje —Jaime dio media vuelta y entró en la cocina.

Emilio lo siguió, guardando suficiente distancia para que Jaime no detectara el olor que seguramente tenían sus pantalones. Estaba muerto del hambre. No había comido nada desde el desayuno.

—¿De dónde sacó esos fríjoles?

—Estaban sobre la estufa. Sólo saqué un poco. Mamá debió dejarlos hechos para la cena. ¿Quiere? —le preguntó Jaime con una amabilidad poco característica.

—Sí. Estoy con mucha hambre —Emilio tomó un plato y lo llenó de fríjoles—. Mamá lo debió poner en su puesto. Está tan amable que no parece ser el mismo.

Jaime le lanzó una mirada.

—No espere que sea amable con usted si va donde mamá con cuentos y mentiras. Usted y Victoria tienen que hacer amigos y dejarme en paz. Ya tengo suficiente con tener que estar aquí cuidándolos después del colegio hasta que mamá llegue del trabajo.

—Lo que sea; ahora no tengo ganas de discutir. Me voy a hacer las tareas. ¿Dónde está Victoria?

—Está en la casa de su amiga Minerva. La voy a recoger más tarde —Jaime sacó una soda de la alacena y se fue a ver televisión al cuarto que servía de sala, comedor y dormitorio cuando se necesitaba, dando por terminada la conversación con su hermano.

Emilio se escondió en la alcoba el resto del día. Se cambió de ropa y esperó a que su mamá lo llamara cuando llegara. Le dolía la cabeza de tanto pensar. En un momento estaba dispuesto a tomar un autobús e irse para su tierra, y en el otro planeaba la forma de vengarse de Lucio, Cato, José y de todos los que le hacían la vida imposible.

Jaime había salido corriendo de la casa tan pronto como terminó de cenar. Parecía tener algo importante que hacer cada atardecer. Victoria había convencido a Herminia de que la dejara pasar la noche en casa de su amiga.

—¿Por qué está tan callado? —le preguntó Herminia.

Emilio no había abierto la boca durante la cena. Había comido muy poco. Los fríjoles lo habían llenado.

—No tengo nada especial que decir —Emilio jugaba con un salero de plástico.

—No le creo. Está muy extraño. ¿Pasó algo en el colegio? De alguna manera me voy a enterar, así que hable. Tiene cara de culpable —Herminia lo miraba como si estuviera viendo el fondo de su alma.

A Emilio le parecía muy extraño que las madres casi siempre parecían saber lo que les pasaba a los hijos. Era como si de alguna forma se las arreglaran para verlos aun cuando no estuvieran presentes. No contestó de inmediato. No sabía qué decir.

—¿Es así de grave? —preguntó Herminia.

—No lo sé —Emilio se paró de la mesa y llevó su plato al lavaplatos, lo que hacía casi automáticamente todas las noches.

—Deje eso para más tarde. Venga, dígame qué pasó.

—Yo estaba... sólo estaba caminando... de verdad... no estaba haciendo nada malo. Mamá... bueno... ese policía —Emilio tenía la lengua tan enredada que no podía hablar.

—Diga lo que tenga que decir. Ya me estoy impacientando.

—No es justo, sólo iba un poco tarde y un policía me detuvo porque estaba caminando por la calle en horas de clase. Me iba a llevar donde el rector cuando... Tenía tanto susto que bueno... me mojé en los pantalones. Fue sin querer. No me llevó donde el rector pero no podía ir a clase así, entonces me escondí detrás de unas plantas todo el día. Mamá, me tiene que dar una excusa, por favor —Emilio sabía que nada de lo que había dicho tenía sentido.

—¿Se orinó en los pantalones? Espera que le crea que un muchacho de su edad... Aunque soy campesina, no soy boba. Cuéntemelo otra vez y es mejor que no me diga mentiras.

—Le estoy diciendo la verdad. Por favor, créame.

—¿Si no fue a clases, qué hizo todo el día? No me diga que se escondió detrás de unas plantas. ¿Quién le va a creer ese cuento? —Herminia parecía molesta—. Tengo mucho qué hacer y mire las horas que son. ¡Hable!

—No estoy mintiendo. Si no me da una excusa me van a suspender.

Que lo suspendieran del colegio era lo mejor que le podía pasar, así no tendría que enfrentarse a sus compañeros al día siguiente.

—No me importa. De todas maneras no me gusta el colegio.

—Emilio, ¿por qué me hace la vida más difícil de lo que ya es? ¿Por qué no se porta bien? ¿Qué le pasa? No hace sino quejarse de todo, nadie ni nada le gusta. ¿Qué voy a hacer con usted?

—Aquí todo es tan diferente. En el colegio se burlan de mí. Nadie me quiere, y todos me miran mal. Ojalá estuviéramos en el rancho. Podríamos ir a la escuela del pueblo como lo hacíamos antes —Emilio hizo una pausa. Por un momento tuvo la esperanza de que un milagro lo devolviera al lugar que conocía bien y al que pertenecía.

—Está bien, le daré una excusa. Dígame exactamente qué pasó —Herminia parecía resignada a escuchar a Emilio.

El chico, paso a paso y detalle por detalle, le contó a su madre los eventos del día desde que salió de la casa hasta que regresó. Que ella le creyera o no, ya no le parecía importante, necesitaba desahogarse.

Herminia guardó silencio por un rato. Emilio creyó que estaba enojada con él o no había entendido lo que había dicho.

—¿Por qué no dice nada? No me cree, ¿cierto?

—Es una historia tan absurda. ¿Por qué no entró a clase a tiempo? ¿Para qué se quedó en la calle casi media hora después de que las clases habían empezado?

Emilio se quedó callado. No quería hablar de nada personal con su madre. Ella nunca entendería el motivo de su huida del partido de basquetbol ni las razones que lo mantuvieron en la calle sin atreverse a entrar al colegio.

—Ayer tuve una pelea con un compañero de clase y no quería tener otra hoy —ésta fue la mejor disculpa que se le ocurrió en el momento.

Herminia se veía alterada y desconcertada con una situación tan poco familiar.

—Nadie le va a creer ese cuento.

—Si no me da la excusa estoy perdido. Por favor, mamá. Me voy a levantar más temprano para llegar al colegio a tiempo, se lo prometo —Emilio recapacitó sobre la idea de que lo suspendieran. Si no se presentaba al día siguiente era como confirmar lo sucedido. A no ser que pudiera irse a vivir con sus abuelos en el campo, tendría que enfrentarse a lo que fuera.

—Su papá hubiera sabido qué hacer. Usted no se da cuenta de lo difícil que es ser mamá y papá, especialmente de varones. Si por lo menos cooperaran... —Herminia continuó reflexionando en voz alta, poniendo a Emilio nervioso.

—¿Me va a dar la excusa o no? Si fuera Jaime o Victoria seguro que se la daba, pero a mí ni me cree —tan pronto como terminó de hablar se arrepintió de haberlo hecho y de haber hecho sentir mal a su madre. Lo hizo sin pensar, aunque en realidad sí creía que Herminia prefería a sus hermanos.

—¡Emilio!, ya es suficiente con eso. Estoy cansada de oír siempre lo mismo. Si se dedica a ser víctima, siempre lo será. Créame, yo sé —dijo Herminia sin dar ninguna explicación.

La palabra "víctima" se le aferró al cerebro como si se la hubieran pegado con goma. Su madre no dejaba de sorprenderlo. ¿Desde cuándo se había vuelto tan sabia? Antes no decía cosas así. "No ser víctima. No ser víctima". La frase le daba vueltas y vueltas en la cabeza como si fuera un disco rayado.

—¿Bueno, me va a dar la excusa o no? Si no me la da, me tengo que ir de aquí. A mí no me da miedo tomar un autobús, o todos los autobuses que necesite para llegar al pueblo. No me importa caminar parte del camino.

Herminia se levantó de la mesa.

—No pasé tantos trabajos para que usted regrese al sitio de donde nos tocó salir para sobrevivir. No sabe lo que le espera si vuelve por allá. Deje de pensar en eso y haga lo que tiene que hacer aquí. Ahora déjeme tranquila. Vaya, lave los platos y saque la basura.

Mientras lavaba los platos Emilio continuó rumiando sus problemas. Oyó a su mamá salir del apartamento, lo que le pareció extraño. Ella siempre les decía para dónde iba.

Como Emilio no tenía tareas ese día, resolvió aprovechar la soledad y se sentó a ver televisión y a esperar a que su mamá regresara.

El televisor había sido algo fascinante para Herminia y sus hijos. La primera compra importante que hicieron en la ciudad en cuanto tuvieron suficiente dinero para la cuota inicial fue un televisor en blanco y negro.

—¿Dónde estaba, mamá? —preguntó Emilio tan pronto la oyó abrir la puerta.

—Necesitaba ayuda con la carta. Fui donde Dolores. Yo no... bueno... Por eso es que quiero que ustedes estudien y aprendan, para que no tengan que pedir ayuda para escribir una simple nota. Usted cómo cree que me siento pidiéndole el favor a una vecina para que me ayude a escribir una excusa para el colegio de mi hijo. Es vergonzoso. No quiero que a ustedes les pase lo mismo.

Los ojos de Herminia se humedecieron y la voz le temblaba.

A Emilio no le gustó saber que su mamá era casi analfabeta. Había ido a la escuela del pueblo un par de años y apenas escribía frases cortas, con pésima ortografía. Él y sus hermanos habían ido a la escuela desde los seis años y ahora iban a un colegio privado. Nunca antes un miembro de su familia había asistido a un colegio.

Su papá se había quejado cuando Herminia insistió en mandarlos a la escuela del pueblo. Él decía que los necesitaba para que le ayudaran en la parcela que tenían.

"Yo no fui a la escuela y me ha ido bien trabajando en el campo. No necesité estudiar. Para qué tienen que saber números y letras cuando los necesito aquí", decía cada vez que se sentía apurado por el trabajo. Herminia los había mandado a la escuela de todas maneras, insistiendo que era importante que se educaran. Le decía que sólo irían medio día y podían ayudarle por las tardes.

—¿Tiene la excusa? —Emilio ya no aguantaba la ansiedad.

—Sí, pero seguro que no es la que usted quiere. No voy a decir que estaba enfermo o que en la casa se presentó un problema. No voy a decir mentiras para que usted no se meta en problemas.

—Pero..., si no fue mi culpa. Yo no hice nada malo —Emilio no tenía claro lo que Herminia se traía entre manos. ¿Por qué no le daba una excusa como debía ser? Nunca comprendería a las mamás, siempre estaban dando sermones aunque no hubiera ninguna razón.

Herminia sacó del bolsillo de su falda un pedazo de papel.

—Aquí está, llévesela a la maestra.

Emilio tomó el papel, dejó de ponerle atención a lo que decía su madre y lo leyó.

Señorita maestra:

Mi hijo Emilio Orduz tuvo un problema camino al colegio y no pudo asistir a clase por encontrarse indispuesto. Por favor excúselo.

Herminia Orduz.

—Pero, aquí no dice nada. Esto no es una excusa. La maestra va a creer que la escribí yo.

—Es la verdad, ¿cierto? Si me pregunta, le digo que la escribí yo misma. No más por hoy, ya es hora de acostarse —Herminia parecía estar extenuada.

—Buenas noches —dijo Emilio resignado. Apagó el televisor y se fue al cuarto. Su cuerpo dolorido le pedía descanso.

—Mañana vuelvo a pensar en todo este lío —dijo en voz baja antes de dormirse.

# Desafiando al mundo

Emilio dejó que la lluvia cayera sobre su cabeza. Lo hizo sentir bien, calmándole los nervios y la ansiedad con la que había salido de la casa. Emilio hubiera dado cualquier cosa por no tener que enfrentarse al día que tenía por delante.

Con las piernas temblando, se acercó al salón de clase. "No puedo hacerlo", pensó. Dio media vuelta decidido a devolverse antes de que lo vieran. No, él no era un cobarde. A su papá no le hubiera gustado que huyera. Tendría que enfrentar lo que fuera. "Papá, ayúdeme. No sé qué hacer", dijo en su mente.

—Buenos días, Emilio. Me alegra verlo hoy en clase. ¿Estuvo enfermo? —le preguntó la maestra.

Emilio había llegado a la parte de atrás del salón, esperando pasar inadvertido. José le lanzó una mirada penetrante.

—Aquí tengo la excusa —Emilio sacó el papel que había guardado dentro de un libro, y se lo dio a la maestra.

—Siéntese —le ordenó la maestra, sin leer la excusa que puso sobre el escritorio.

Emilio se dio cuenta de que José lo seguía mirando fijamente. Algo debía estar maquinando para hacerlo quedar mal, de eso estaba seguro. En ese momento, Emilio decidió que su mamá tenía razón, no se convertiría en víctima de José, Lucio o de ninguna otra persona.

El recreo llegó más pronto de lo que Emilio hubiera querido. Se las arregló para evadir a José, quien había tratado de acorralarlo un par de veces. No iba a ser fácil mantenerse a distancia de los que querían avergonzarlo. Decidió devolverse y esperar a que todos salieran antes que él, pero la maestra no lo dejó volver a entrar en el salón. Caminó contra la pared, buscando algún rincón donde no lo vieran.

—¿Dónde se metió ayer? Le tocó salir corriendo. ¡Claro, cómo iba a dejarse ver con los pantalones orinados! —José apareció como salido de la tierra—. No quería que lo

viéramos, pero yo sí lo vi y sé que se orinó en los pantalones, y todos sabemos que lo hizo, ¿cierto, muchachos? —le preguntó al grupo que se había formado a su alrededor.

—Claro que sabemos que se orinó en los calzones —gritó alguien desde atrás. Los otros se quedaron callados, como esperando que pasara algo interesante que les proporcionara diversión.

—No sé de que están hablando. Yo no vine al colegio ayer —las palabras brotaron de sus labios como si las hubiera dicho otra persona. Había veces que tocaba decir mentiras inofensivas. Estaba seguro de que Dios lo permitía.

—Usted sabe muy bien que yo lo vi en el baño. Lo que pasó fue que se escapó, pero no me diga que no lo vi —dijo José fastidiado.

—No sé a quién vería, pero no fue a mí —Emilio no podía creer que estuviera hablando con tanta calma.

—Emilio, ¿dónde estaba? Lo estuve buscando ayer.

La voz de Clara lo sobresaltó. ¿Cómo podía sonreírle después de lo que le había hecho? Lo había invitado a conocer a sus amigos y él se había ido sin despedirse.

—No vine al colegio ayer —repitió Emilio, sintiendo una vergüenza acumulada.

—Sí vino, yo lo vi. Se fue porque se orinó en los pantalones —dijo José en voz alta.

—¿Por qué no va a la rectoría y pide que le presten un micrófono para que todo el colegio se entere de que vio a Emilio, que no vino al colegio, con los pantalones mojados? —dijo Clara, alzándose hasta los ojos de Emilio.

—¿Quién la llamó? Siempre metida donde no la necesitan, metiéndose donde no le incumbe —José le clavó la mirada a Clara, una mirada matadora.

—Tengo el mismo derecho que cualquier otro estudiante de estar aquí. Lo que pasa es que usted está furioso porque no le creo lo que dice. Es más, voy a asegurarme de que nadie le crea.

—Está muy equivocada si piensa que alguien le va a prestar atención a una boba que se la pasa defendiendo a los otros bobos del colegio —los ojos negros de José brillaban de la ira.

—Yo tampoco le creo, José —dijo Alí, saliendo de alguna parte.

Emilio no reconoció a Alí, aunque le parecía haberlo visto antes. Observaba al grupo como hipnotizado. Nunca pensó que alguien, en la inhóspita ciudad, saliera en su defensa. Se había acostumbrado a defenderse por sí mismo. ¿Qué clase de personas eran Clara y sus amigos? ¿Por qué le ayudaban?

José se le acercó a Alí.

—Usted quién es para que me contradiga. Además, no me interesa si me cree o no.

—Soy amigo de Emilio y eso me da derecho a contradecirle si me viene en gana —contestó el muchacho de los ojos grandes.

Emilio se sintió mal por no haber reconocido a Alí. Mientras éste hablaba con José se acordó de haber hablado con él durante el juego, y de haberle oído decir a Clara que Alí era de un país árabe.

—Emilio, venga. Marcia y Pablo nos esperan. No tiene por qué quedarse aquí oyendo insultos —Clara lo tomó del brazo y se alejaron.

—¡Cobarde, no es sino un infeliz cobarde! —le gritó José.

—¡Y usted es un mentiroso! —Emilio devolvió el insulto.

Los gritos los siguieron hasta que se perdieron, uniéndose al estrépito del recreo.

—Gracias, Clara, Alí. Siento mucho haberme ido sin despedirme el otro día. Creí que me tenían lástima, y eso no me gustó. Todavía creo que la sienten.

—¿Qué tiene eso de malo? —preguntó Clara.

—No quiero ser "el pobre de Emilio". No me gustaría que fueran mis amigos sólo porque me tienen lástima. Esto me haría sentir peor —Emilio continuaba sorprendiéndose de sus palabras. Casi nunca hablaba de sus sentimientos, y menos con personas extrañas.

—Emilio, de verdad que nos cae bien. También nos apena ver que casi todos en la clase lo molestan. Queremos ayudarle. Si los patanes esos se dan cuenta de que está solo e indefenso, van a hacerle la vida imposible —Clara parecía ser la imagen de la sabiduría.

—Me alegra que les caiga bien, pero de todas maneras no quiero que me tengan lástima. Gracias por ayudarme.

—Créanos que lo hacemos porque queremos —afirmó Clara—. ¿Qué fue lo que realmente pasó ayer? ¡Qué historia tan ridícula la que contó José!

Emilio sintió otra vez el deseo de salir corriendo. Le atormentaba tener que mentirle a sus nuevos amigos, ellos creían en él. Pero... no, no podía decirles la verdad. Sintió que la cara se le calentaba y sabía que la tenía tan roja como un tomate, que sin duda lo delataría. Con afán esperaba que el Espíritu Santo descendiera sobre él y le dictara la excusa que necesitaba.

—Me caí cuando venía camino al colegio y tuve que regresar a mi casa —fue lo único que se le ocurrió decir. De todas maneras su mamá había escrito algo así.

—¿Se lastimó? —preguntó Alí.

—No, sólo un raspón, pero se me rompieron los pantalones... —Emilio hubiera querido desaparecer y no tener que continuar buscando razones y mintiendo—. Volví a casa, me cambié y... bueno, mi mamá ya se había ido y ya era tarde. También me sentía mal por haberme ido en la mitad del juego. No sabía qué decirles. Lo siento —Emilio se había hecho un ovillo.

—Está bien, olvídelo. No hablemos más de eso. Está invitado al próximo juego. Ya tenemos que ir a clase —dijo Clara al oír la campana.

Marcia, seguida de su hermano Pablo, se unió al grupo.

—Nos dejaron esperándolos.

—Íbamos a buscarlos pero tuvimos que rescatar a Emilio de las garras de José y sus amigos —se disculpó Clara—. Después nos quedamos conversando y se nos pasó el tiempo.

—¿Dónde se ha estado escondiendo? —le preguntó Pablo a Emilio.

Emilio no se sintió capaz de continuar con las explicaciones. Afortunadamente el segundo golpe de la campana terminó con la conversación por el momento. Emilio esperaba que tanto sus amigos como sus enemigos se olvidaran del juego, de sus pantalones mojados y del día ausente, para que así pudiera continuar con su vida tan normal como fuera posible.

—Con que se orinó en los pantalones. Qué no hubiera dado por verlo. ¡Sólo un muchacho estúpido como usted se orina en los calzones, y a su edad! —gritó Lucio alcanzando a Emilio.

—No le ponga atención —susurró Clara, obligándolo a que continuaran su camino.

Lucio y Cato lo seguían insultando. Después de todo lo que había hecho para que no lo ridiculizaran, a Emilio no le parecía justo que le siguieran echando en cara lo de los pantalones. Nada de lo que le había pasado últimamente era justo.

—No los mire. Cuanto más les discuta, peor le va. Créame, yo sé. Lo mejor es ignorarlos —dijo Marcia que generalmente hablaba poco.

Emilio tuvo que usar todas sus fuerzas para controlar el deseo que tenía de buscar pelea con los muchachos que habían resuelto atormentarle la vida. Le hubiera gustado poder descargar un puño sobre el cuerpo rechoncho de Lucio hasta vaciar el resentimiento y la rabia que llevaba dentro. No le respondió a Marcia. Sabía que si lo hacía, estallaría.

—Corra, cobarde, protegido de niñas —le gritó Cato.

—Continúe haciéndose el sordo. Le prometo que muy pronto encontrará la forma de enfrentarse a ellos. Estamos con usted —Clara le sonrió más lindo que nunca.

—Gracias —Emilio no pudo decir nada más. Tenía un nudo en la garganta. Su cólera se había desvanecido. Después de todo, Clara y sus amigos eran buena gente.

# Una nueva experiencia

—Alí, no puedo creer que usted hable español tan bien. ¿Dónde lo aprendió? —preguntó Emilio una tarde a la salida del colegio.

—Hace como tres años que vivo aquí. No fue difícil. Me gustan los idiomas, pero no soy igual de bueno para otras materias.

Para Emilio era incomprensible el poder llegar a hablar otro idioma. Tratar de hablar bien el suyo ya era suficiente.

En unas pocas semanas Alí y Emilio se habían hecho buenos amigos. Aunque venían de distintos mundos, parecían tener mucho en común, incluso se parecían. Ambos eran pequeños, delgados y tenían el mismo color de piel.

—Ojalá yo supiera para qué soy bueno, así podría ser el mejor en algo. Hasta mi hermano Jaime es bueno para ser buen mozo y tener muchos amigos. Mi mamá dice que cada persona en el mundo es buena para algo. Emilio con frecuencia se preguntaba por qué habría venido al mundo corto de 'eso' que los demás tenían y que él parecía no poseer.

—Yo no entiendo por qué se queja. ¿Cuál es su problema? Le va más o menos bien en los estudios, y si quiere saber, yo creo que usted es bueno para las matemáticas —Alí hizo una pausa como si no se decidiera a decir lo que estaba pensando—. Lo invito a mi casa, hacemos las tareas, vemos televisión y le doy un pedazo de pan árabe que mi mamá hizo esta mañana.

La invitación sorprendió a Emilio. Los muchachos habían mantenido sus casas y sus familias lejos la una de la otra. Emilio no creía que la suya le gustara a Alí, aunque no sabía por qué. Era un sentimiento inexplicable. Su amigo era de un país que su familia ni siquiera sabía que existía.

—Bueno, pero tengo que estar de vuelta a las cinco. Jaime me llama la atención si no llego a tiempo. Él está encargado de todo hasta que mamá llega del trabajo. Victoria también protesta si no estoy en casa. No hacen sino pelear hasta que yo llego. A veces peleamos todos.

—Tenemos casi dos horas todavía —Alí parecía estar ansioso.

—¿Y su familia qué dice? —Emilio no estaba muy convencido. La familia de Alí debía ser muy distinta de la suya. En alguna parte había oído que la gente de otros países era muy extraña. Desde que conoció a Alí, Emilio esperaba que de un momento a otro su amigo se portara como si viniera de otro planeta, como los marcianos, de los que hablaban sus compañeros. Le extrañaba que Alí fuera un muchacho como los demás.

—Mi mamá no tiene problema. Yo le he hablado a ella de usted, y ella quiere conocerlo —Alí se quedó mirándolo a la expectativa.

—Está bien, llamo a Jaime desde su casa —Emilio desechó sus inseguridades por un instante.

¿Y si la mamá de Alí resultaba ser una persona extraña, como presentía, y no lo recibía bien? No quería tener que pasar por una situación bien desagradable. Ya tenía suficiente con las que le tocaban.

—Pensándolo bien, mejor dejémoslo para otro día. A mi mamá no le gusta que vaya a visitar a nadie que ella no conozca —dijo Emilio, usando la primera disculpa que se le vino a la mente.

—Hace un momento dijo que sí. ¿Por qué cambió de parecer? Yo creí que éramos amigos —parecía que Alí iba a llorar—. La semana pasada sí fue a la casa de Clara.

—Sólo nos encontramos allá para ir al último juego de basquetbol. No estuvimos sino unos quince minutos —Emilio estaba tan azarado que no sabía qué decir.

El día que Emilio fue a la casa de Clara creyó que no iba a ser capaz de entrar. Estaba muerto del susto. Pero, después de todo, la familia de Clara era como la suya, aunque tenían más dinero, o eso le pareció. La mamá de Clara hasta se parecía un poco a Herminia. La hermana mayor era bonita. A Jaime le hubiera encantado conocerla. Su hermano se enloquecía por las niñas bonitas.

—Está bien, vamos —Emilio no se sintió capaz de desilusionar a su amigo.

Alí había sido muy bueno con él, ayudándole a mantener a Lucio, José y Cato a distancia, aunque sus enemigos no desperdiciaban oportunidad para burlarse de él. De alguna forma se las habían arreglado para evadir un encontrón con los muchachos pendencieros por tanto tiempo, que Emilio ya estaba nervioso.

Los dos amigos caminaron las seis cuadras que separaban el colegio de la casa de Alí, que continuaba molesto por el rechazo de Emilio. El muchacho de los ojos grandes, Clara, Marcia y Pablo habían jurado proteger a Emilio de Lucio y sus secuaces. Incluso Catalina, la amiga y vecina de Clara, se había ofrecido a

ayudar si la necesitaban. Emilio se había convertido en el proyecto principal del grupo.

El muchacho estaba agradecido, aunque todavía dudaba si lo querían o si sólo continuaban sintiendo lástima de él.

—Mamá, mamá —gritó Alí apenas pasó por la puerta de la pequeña casa.

Emilio caminaba casi escondido detrás de su amigo. Una cascada de sonidos que no entendió, acompañaron a la mujer de ojos tan grandes como los de su hijo. Abrazó y besó a Alí en ambas mejillas, y antes de que Emilio tuviera tiempo de reaccionar, la mujer lo besó y abrazó también. El muchacho tensionó cada músculo de su cuerpo. El efusivo e inesperado saludo lo tomó por sorpresa. Sintió que la tela que cubría la cabeza de la mujer raspaba su mejilla. Emilio no sabía qué pensar.

—Mamá no habla castellano bien —dijo Alí después de que su madre los dejó solos en la sala—. Nos va a traer té y pan. Espero que le guste.

—¿Té? —preguntó Emilio sorprendido. El té no era una bebida a la que el muchacho estuviera acostumbrado. Le había oído decir a su mamá que los tés eran reuniones de la alta sociedad, pero él no tenía la menor idea de qué se trataba. No se le había pasado por la cabeza probar la bebida sofisticada. Pensaba que era algo que a él no le estaba permitido.

Alí no dijo nada sobre la efusividad de su madre.

Seguramente era una de esas mamás besadoras a las que les tenía terror, aunque él nunca se había encontrado con una que se pareciera a la mamá de Alí. Quiso preguntarle a su amigo por qué su mamá se vestía con esas ropas largas y se cubría la cabeza con un manto como el de la Virgen María, pero no se atrevió.

—¿Qué tiene de malo el té? —preguntó Alí, sorprendido.

—Nada, sólo que nunca he tomado té. Estoy seguro de que me va a gustar —Emilio se sintio extraño, como si hubiera entrado en otro mundo, un mundo que él no conocía y que le producia una sensación incómoda.

—¿De qué tiene miedo? —le preguntó Alí—. ¿Por qué está nervioso?

—No tengo miedo de nada, es que... —Emilio no pudo poner en palabras lo que estaba sintiendo. Ni siquiera él entendía lo que le estaba pasando—. No me haga caso. Siempre me pongo nervioso cuando voy a lugares que no conozco. Estoy bien.

—Yo pensé que usted era diferente, no como los demás que creen que porque somos de otro país no somos como los demás.

—Yo... yo... no... Lo siento. Yo nunca... De verdad que estoy contento de estar aquí. Mejor hagamos las tareas.

—Usted se queja de que los demás se burlan porque es campesino, distinto de la gente de la ciudad, y está haciendo lo mismo conmigo por ser de otro país. No entiendo —dijo Alí, enfurruñado.

A Emilio no se le había pasado por la mente que se estuviera portando... El hecho lo anonadó.

—Lo siento, en verdad lo siento.

Sacaron los libros y los cuadernos de los morrales y trabajaron en silencio por un rato. La mamá de Alí regresó con una bandeja y un torrente de sonidos que se derramaban de sus labios sin parar. Los trataba como si fueran unas criaturas especiales a las que tenía que atender.

—Este pan es delicioso —dijo Emilio terminando de comerse un pedazo que no se parecía al pan que él conocía.

—¿Le gusta?

—Sí, está muy sabroso, y todavía está caliente. ¿Éste es el pan que ustedes comen todo el tiempo? —Emilio tomó otro pedazo y se lo metió en la boca.

—Todos los días y con todas las comidas. Lo mismo que el pan que ustedes comen. Es delicioso con té. Pruébelo —Alí le alcanzó la taza de té que les había preparado su mamá.

Emilio bebió un sorbo. El extraño sabor de la bebida le produjo una arqueada. Logró mantener el líquido dentro de la boca y pasárselo de un sorbo. La bebida era insípida y sabía igual que las aguas de hierbas que le daba su mamá cuando estaba enfermo. Puso la taza sobre la mesa y se terminó de comer el pan para quitar el sabor del té.

—¿No le gustó, cierto?

—¿Por qué lo dice?

—Hizo caras.

—Me encanta el pan, pero... nunca había tomado té y tengo que acostumbrarme —Emilio se preguntaba qué iba a hacer con el resto del té. No tenía intenciones de terminárselo.

Los muchachos vieron televisión después de terminar de hacer las tareas para el día siguiente. La mamá de Alí volvió y dijo algo que Emilio no entendió, tomó la taza de té, hizo cara de asco y se la llevó. A los pocos minutos regresó con la taza llena de té caliente.

—Gracias —dijo Emilio sonriendo con desgano.

Sin parar de barbotear la mujer salió del cuarto.

—Ya es hora de irme, gracias por invitarme, lo pasé muy bien —Emilio se levantó de la silla, recogió sus papeles y se dispuso a partir.

—¿No se va a tomar el té?

—Sí, claro. ¿Me puede dar un vaso de agua?

—Ya lo traigo —Alí corrió a la cocina.

Emilio tomó la taza de té y cautelosamente caminó hasta la puerta, la abrió y derramó el líquido.

—¿Se iba a ir? —preguntó Alí, sosteniendo el vaso de agua en la mano.

—No, claro que no, lo estaba esperando. Ya me bebí el té —Emilio puso la taza sobre la mesa y se bebió dos sorbos de agua del vaso que le había entregado Alí—. Bueno, ya me voy. Nos vemos mañana en el colegio.

—Lo acompaño hasta la esquina.

Habían caminado un par de cuadras y Alí se disponía a devolverse cuando oyeron pasos que se acercaban.

—Estamos de suerte, agarramos a dos en el mismo sitio —dijo la inconfundible voz de Lucio.

Emilio se paralizó. ¿Qué estaba haciendo Lucio ahí? En un reflejo involuntario levantó las manos para protegerse.

—¡Cato, usted se encarga del forastero y yo me hago cargo del estúpido de Emilio! —gritó Lucio.

—Cobardes, ¿por qué no pelean con alguien de su tamaño? ¿Creen que porque son grandes pueden pegarle a quien quieran? —dijo Alí con voz temblorosa.

Emilio no dijo una palabra, cerró los ojos y esperó a que llegara lo peor.

# Encuentro

Lucio y Cato les cerraron el camino.

—¿Creyó que nos iba a evitar para siempre? Se ha portado muy, pero muy mal —dijo Cato en tono sarcástico—. No nos dieron el placer de poner al estúpido de Emilio frente a la clase con los pantalones orinados, o por lo menos que todos lo creyeran.

—¡Cómo se atrevieron a dejarnos con las ganas! ¡No crean que los vamos a perdonar así no más! —gritó Lucio, golpeando a Emilio en la cara—. Nos han debido pedir clemencia como lo han hecho otros en la clase. ¡Nadie se mete con nosotros! Váyanse para su tierra. Aquí no los queremos.

Alí y Emilio, sorprendidos con el inesperado encuentro, parecían haber perdido el habla y la facultad de reaccionar.

Lucio continuó golpeando a Emilio mientras
Cato hacía lo mismo con Alí, quien súbitamente
recuperó la voz y gritó a todo pulmón.

—¡No grite! —aulló Cato.

—Usted no es sino un envidioso y estúpido miserable. El gordo de Lucio es aún más
estúpido —gritó Alí.

—¿Cómo se atreve a llamarme estúpido?
—Cato le pegó a Alí tan fuerte que el muchacho cayó hacia atrás, y se golpeó la cabeza
contra la acera.

—¡Descarado el muchachito! —gritó Lucio, con el rostro rojo de la ira. Le dio otro
puño a Emilio y saltó sobre Alí.

Emilio tambaleó, pero no cayó al suelo.
Había logrado evitar la mayoría de los golpes
con su increíble agilidad.

—No le pegue más. Está... —Cato jaló a
Lucio para que no tocara a Alí que estaba in-
móvil.

—¿Qué le hizo? ¡Dios mío! —exclamó
Emilio.

—Vámonos de aquí —dijo Cato, y echó
a correr a tal velocidad que Emilio no lo vio
desaparecer.

Lucio siguió a Cato tan rápido como su pesado cuerpo se lo permitía.

—¿Alí, está bien? —Emilio, temblando

como una hoja, se arrodilló junto al niño que yacía en el piso.

—¡Ayyy, ayyy!, mi cabeza —Alí abrió los ojos y trató de ponerse de pie.

—¿Por qué les gritó todas esas cosas? Usted sabe lo malos que son esos dos. ¿No se acordó que son muchos más grandes y fuertes que nosotros? —Emilio no sabía qué pensar. Su amigo era muy valiente o muy tonto.

—Ayúdeme a parar... —Alí se cogió la cabeza con las dos manos—. ¡Ayyy!, tengo un chichón aquí, ¡mire!

—¡Huyyy!, parece que tuviera un huevo en la cabeza. Apóyese en mí y lo llevo a su casa. Despacio para que no se caiga otra vez. Seguro que va a tener que ir donde el médico —Emilio sostuvo a Alí hasta que pudo mantenerse en pie.

—No me gusta ir al médico. Siempre le ponen inyecciones a uno y le hacen cosas que duelen —Alí se tambaleó.

Con dificultad llegaron a la casa de la que habían salido minutos antes. La mamá de Alí salió a recibirlos. Sus ojos se agrandaron aún más al ver a su hijo y oír las explicaciones de lo ocurrido. Otro torrente de palabras y sonidos destemplados, llenos de angustia, golpearon los oídos de Emilio.

—Alí, lo siento. Espero que mañana esté bien. Nos vemos —Emilio no entró en la casa como se lo indicaba la madre de su amigo.

—Hasta mañana —se despidió, alejándose rápidamente.

Continuó oyendo a la mamá de Alí hasta que cruzó la esquina. ¿Estarían Lucio y Cato esperándolo? Sintió pánico. No podía dejar que lo vieran. Como un bandido que huye, Emilio caminó por entre las sombras, esperando ver al par de grandulones en cada recodo del camino.

—¿Por qué se demoró tanto? —le preguntó Jaime tan pronto entró—. Victoria está llorando porque no me vestí de payaso. Estaba empeñada en jugar al circo. Yo no tengo paciencia para darle gusto en todas las locuras que se le ocurren.

—Usted ya no tiene paciencia con nadie. Todo lo que quiere es irse con sus amigos. Aquí nadie cuenta, ni siquiera mamá —Emilio no estaba de humor para oír las quejas de su hermano—. Usted no es la única persona que quiere salir de vez en cuando. ¿Acaso no me dijo que tuviera amigos? Ahora está disgustado porque no estaba aquí para jugar con Victoria.

Jaime no pareció haberlo escuchado.

—No es divertido quedarse encerrado todas las tardes cuidando hermanos. Yo creo que usted ya está grande y puede cuidar a Victoria algunos días. Voy a hablar con mamá sobre esto.

—Haga lo que quiera. Voy a ver cómo está Victoria.

Emilio empezaba a sentir los efectos de la golpiza. Con el afán de evadir otro encuentro con Lucio y Cato no se había dado cuenta de que su cuerpo estaba dolorido.

Tenía que encontrar una forma de mantener a raya a Lucio y sus amigos. No sabía cómo lo iba a hacer, pues estaba consciente de sus limitaciones físicas. De todas maneras tenía que encontrar una solución que lo sacara de la encrucijada en la que se encontraba.

—¿Qué le pasa, Victoria? —Emilio echó a un lado sus problemas para atender a su hermana.

—Jaime es muy malo. Cada vez que le digo algo, me manda al cuarto. Yo no lo quiero —dijo Victoria lloriqueando. La niña estaba sentada en la cama de su mamá, abrazando una muñeca de trapo.

—Tiene que aprender a entretenerse sola. Jaime no es el mismo de antes, y es mejor que no lo moleste —hablaba más para sí mismo que para su hermana.

Emilio echaba de menos a su hermano mayor, el muchacho con el que jugaba en el campo, antes de que viniera a la ciudad, se volviera importante y no quisiera tener nada que ver con ellos.

—Yo quiero que vuelva a ser de nuestra edad —dijo Victoria.

Emilio sonrió.

—Las personas crecen y cambian, eso dicen los mayores.

Victoria y Emilio pasaron el resto de la tarde dibujando ríos y montañas para la tarea de geografía de la niña. Como a las seis y media oyeron a Herminia llegar pero no dejaron de trabajar en lo que estaban haciendo, lo que era poco usual. Victoria esperaba a su mamá con ansia cada tarde.

—Emilio, necesito que vaya a la tienda a comprar unos tomates y un atado de cebolla —dijo Herminia, entrando en la habitación.

—¿Por qué no va Jaime? Él nunca hace nada.

—¿Qué más que cuidarlos mientras yo llego? —la voz de Herminia tenía un tono extraño, como si se estuviera excusando.

—Jaime hace lo que quiere en esta casa —Emilio veía que su mamá era muy complaciente con su hermano mayor.

—Jaime es malo, mamá. Dígale que juegue conmigo —interrumpió Victoria.

—Está bien, hija, le diré —Herminia acarició la cabeza de la niña—. No empiece con esas cosas otra vez, Emilio. Hago lo mejor que puedo. Cuando llegue a la edad de Jaime podrá hacer lo mismo que él. Ahora vaya a comprar lo que le pedí, lo necesito para la cena.

Emilio tomó con desgano el dinero que le dio Herminia y salió hacia la tienda que quedaba a tres cuadras.

Empezaba a oscurecer. Emilio caminó tan rápido como su cuerpo magullado le permitió, mirando para todos los lados, atemorizado.

No quería tropezarse con Lucio y Cato, o con José que vivía cerca. Llegó a la tienda sin contratiempo. Compró los tomates y la cebolla y salió de vuelta para su casa.

Al llegar a la esquina, vio a un grupo de seis o siete muchachos que llevaban pañuelos amarrados en la cabeza. Emilio retrocedió asustado y se escondió detrás del teléfono público. No se arriesgaría a un encuentro desagradable. Esperó unos minutos a que se fueran. "¿Quiénes eran?", se preguntó desconcertado. ¿Estarían sus enemigos entre ellos? El grupo se acercaba peligrosamente.

—Los Alacranes van a hacer algo inesperado esta noche. Oí que estaban disgustados porque les pintamos las puertas de la casa la semana pasada. Tenemos que tener cuidado —dijo un muchacho robusto.

—Mejor será que no se metan con nosotros —dijo otro.

—¿Qué están diciendo? —preguntó un tercero.

La voz del último muchacho que habló llamó la atención de Emilio, le sonaba familiar. Con cautela estiró la cabeza para ver quién había hecho la pregunta. ¿Qué hacía Jaime en ese grupo que tenía aspecto de pandilla? ¿Por qué llevaba un pañuelo amarrado en la cabeza. Emilio no le daba crédito a sus ojos. No, no podía ser su hermano.

Emilio había visto uno que otro pandillero en el vecindario. Pablo se los había mostrado una noche que salieron a buscar a Marcia en casa de una compañera de clase. ¿Era por eso que Jaime salía todas las tardes apenas llegaba Herminia, y volvía después de las diez de la noche? Confuso, Emilio se quedó quieto, observando a su hermano, como si fuera una aparición. El grupo atravesó la calle y desapareció de su vista.

Demasiados acontecimientos se desarrollaban a su alrededor. No tenía cabeza para asimilar tanto. No quería que a su hermano le pasara nada malo. ¿Debía contarle a su mamá lo que había visto?

"Papá, ¿por qué no está aquí con nosotros? Yo no puedo solo".

Emilio corrió a su casa, le dio a su mamá el encargo y se refugió en el cuarto. Comió poco esa noche, atormentado con el descubrimiento de las actividades de su hermano, y temiendo tener que ir al colegio al día siguiente. La vida era demasiado difícil.

# El día siguiente

El sueño que había tenido la noche anterior fue tan real que Emilio creyó estar viviéndolo. Las imágenes le daban vueltas y vueltas en la mente. Entró en el salón de clase, se sentó y cerró los ojos, deleitándose en las escenas que revivía. Por un momento creyó que estaba en su tierra. El golpe de algo que cayó al piso le hizo abrir los ojos. La maestra estaba escribiendo en el tablero.

Emilio cerró los ojos otra vez, recordando. Le había tomado horas dormirse la noche anterior. Soñó que caminaba con Jaime de la mano de su padre. Caminaban por entre las siembras de maíz como lo habían hecho tantas mañanas.

—Jaime, quiero que lleve a Emilio al pueblo esta tarde y le muestre dónde conseguir provisiones. No se le olvide comprar la soga para atar la mula. La que tiene se rompió. Ya es hora de que Emilio aprenda y ayude. Usted es el mayor y debe guiar a los otros —su papá siempre le decía lo mismo a Jaime.

Era como si el hijo mayor de una familia tuviera algo especial que los otros no tenían. Emilio nunca lo había entendido. ¿Era que los mayores habían nacido diferentes? No le parecía justo que se asumiera que el mayor era mejor que sus hermanos. A Emilio le molestaba pensar que nunca llegaría a una edad en la que lo considerarían más inteligente y mejor que su hermano mayor.

—Papá, dígale a Jaime que no puede ser pandillero, porque yo no quiero que sea. ¿Se supone que yo debo hacer todo lo que él hace? NO QUIERO SER PANDILLERO. ¿Qué debo hacer cuando crezca? —preguntó Emilio, pero su papá no le contestó. Lo miró con tanta ternura que Emilio cayó en sus brazos llorando.

—¡Emilio, Emilio! —llamó la maestra—. ¿Qué le pasa? Parece que estuviera soñando despierto. Sería conveniente que pusiera atención en clase.

—Estaba... —Emilio se puso rojo al sentir

las miradas de sus compañeros sobre él como si hubiera hecho algo malo.

—Póngase de pie y lea despacio y con claridad. Como no ha abierto el libro no debe saber que estamos en clase de ciencias, estudiando los mamíferos. Lea la página 32 —la maestra se sentó detrás del escritorio.

Afortunadamente para Emilio, sus enemigos no asistían a esa clase, que había tenido que tomar en un curso más abajo por no estar al día en esa materia.

Le tomó un momento salir del sueño que persistía en inundar el resto de la mañana. Emilio se concentró en la lectura, logrando leer una página antes de que la maestra le pidiera que se detuviera.

—Ha mejorado mucho en sus estudios, no deje que el esfuerzo que ha hecho se pierda. Deje de soñar y ponga atención en clase.

—Sí, señorita maestra —a Emilio no le gustaba que le hicieran preguntas, y mucho menos que le pidieran que leyera. Se sentía incómodo. Según sus compañeros, se portaba como un provinciano y hablaba y leía como tal.

A Emilio le parecía que la clase no se terminaba. Estaba ansioso por saber de Alí. No lo había visto cuando llegó, y esperaba encontrarse con él en el recreo. Confiaba en que por arte de magia Cato, Lucio y José desaparecieran para siempre de su vida. No quería encontrarse con ellos después de lo que les habían hecho a Alí y a él el día anterior.

—¡Emilio, lo estaba buscando! —le gritó Clara al salir de clase.

—No grite así —la voz de la muchacha lo asustó.

—Lo siento. ¿Qué le pasa? —Clara dio un paso atrás, desconcertada.

—Lo siento, no quise hablarle así. Lucio y Cato nos golpearon a Alí y a mí ayer y no quiero encontrarme con ellos. Estoy nervioso y por eso reaccioné así.

—¿Cómo se atrevieron a pegarles? Vamos donde el rector, debemos decirle lo que está pasando. ¿Les hicieron daño? No puedo creer que... —Clara no terminó la frase—. Vamos.

—No, sería peor. Si los castigan por mi culpa, me la van a hacer cobrar caro. Creo que sé cómo solucionar el problema. Me va a tomar algún tiempo pero voy a hacerlo. Tengo un plan —la idea estremeció a Emilio. Esta vez estaba seguro de que el Espíritu Santo había descendido sobre él.

—¿De qué idea habla?

—Ya lo verá. ¿Qué quería decirme? —preguntó Emilio.

—¿Se acuerda de mi amiga Catalina, la chica de cabello rojo que le presenté en el primer juego de basquetbol? —los ojos de Clara brillaban de emoción.

—Claro que me acuerdo. La he visto varias veces, una de ellas en su casa antes de salir para el último partido. ¿Por qué me pregunta? —preguntó Emilio intrigado.

—¡Qué torpe soy! Se me había olvidado que se habían visto otras veces. Cumple años la próxima semana y me pidió que lo invitara. Vamos a ir a un sitio donde podemos patinar con patines de cuchilla. Después nos llevarán a un restaurante a comer. ¡Estoy tan entusiasmada! ¿No es maravilloso?

—¿Ella me invita a mí también? ¿Está segura? —Emilio no creía lo que oía.

—Sí, se lo prometo. Ella me pidió que lo invitara. Pablo, Marcia, Alí, usted y yo, con otras tres o cuatro compañeras del colegio de ella, estamos invitados.

—Yo no sé patinar —Emilio trató de imaginarse el lugar que describía Clara. Nunca pensó que lo invitaran a una celebración de ese estilo, y mucho menos que alguien en el vecindario tuviera suficiente dinero como para llevar a tanta gente a patinar y a un restaurante a comer. Seguramente los padres de Catalina eran ricos. La invitación lo dejó demasiado emocionado como para continuar preocupándose por no saber patinar.

—Yo tampoco sé patinar, pero puedo aprender, lo mismo que usted. Nos vamos a divertir mucho. No puedo esperar a que llegue la otra semana —Clara se rió con gana y después frunció el ceño—. Ahora cuénteme qué pasó ayer.

—Cato, Lucio y José han estado buscando la oportunidad de vengarse de mí. Bueno, ayer lo lograron —Emilio le contó a la chica lo sucedido.

—Esto es increíble. Creo que debemos hablar con el rector. Esos muchachos están incontrolables —Clara frunció el ceño aún más.

—No, ahora no. Estoy preocupado por Alí. No lo he visto en toda la mañana. Vamos a buscarlo antes de que se acabe el recreo —Emilio miraba de un lado al otro.

—Está bien, vamos.

Alí no apareció. Clara le preguntó a una de las compañeras de clase de Alí, pero ella tampoco lo había visto.

—¡Mire!, allá está Cato hablando con alguien. Parece ser José —dijo Clara cuando se disponía a regresar a clase sin haber encontrado a su amigo.

La primera reacción de Emilio fue la de salir corriendo en dirección opuesta, pero se acordó de lo que su mamá le había dicho de no ser una víctima, y le puso freno a sus impulsos. Tenía la frase grabada en el cerebro. No huiría, se quedaría donde estaba. Cato pretendió no haberlo visto.

—No permitiré que me sigan amedrentando —dijo Emilio con una determinación y confianza que lo sorprendió. Tenía un plan que no podría poner en práctica si vivía muerto del miedo.

—¿Por qué no estaba José con Cato y Lucio ayer? —la pregunta irrumpió en su mente al ver a José.

—Yo no creo que él sea tan malo como los otros dos. Quiere ser popular, pero no es como ellos. Vamos adentro, tengo que ir por un libro que dejé en mi gaveta. Esta tarde lo acompaño a la casa de Alí para saber cómo está.

—Ojalá esté bien —Emilio estaba realmente preocupado por su amigo.

Camino a clase, Emilio vio a Lucio venir en dirección contraria. Al reconocerlo, Lucio se detuvo abruptamente, bajo los ojos y se devolvió.

—¿Por qué haría eso? —preguntó Emilio, pensando en voz alta.

—¿No me dijo que Lucio y Cato habían empujado a Alí? Seguro están muertos de miedo de haberlo lastimado más de lo que esperaban. Es la única explicación a ese comportamiento tan extraño.

—Sí, debe ser eso.

—Tengo que ir a buscar el libro. Nos vemos a la salida —Clara se apresuró a entrar, dejando a Emilio parado enfrente de la puerta.

—Hola, Emilio, ¿dónde se había metido? —preguntó José, alcanzando a Emilio en el corredor.

¿Por qué estaba José hablando con él como si fueran amigos? ¿Qué se traía entre manos?

—¿Acaso me estaba buscando?

—Bueno, no lo busco para nada especial. Es que últimamente anda como evitando a todo el mundo. Clara estaba con usted, ¿no? —José hablaba con una amabilidad que lo ponía nervioso.

—Tenía que recoger un libro antes de ir a clase. Tengo que irme, es tarde —Emilio no tenía ganas de entablar conversación amistosa con el muchacho que no había hecho más que burlarse de él, haciéndolo sentir como si fuera lo peor.

—Hablando de otras cosas, ¿dónde está su amigo? El muchacho ése, el extranjero, con el que anda para arriba y para abajo. ¿Está enfermo o qué? —José no parecía encontrar las palabras correctas para preguntar por Alí.

—Qué más le da. ¿Desde cuándo le interesa Alí? —Emilio estaba seguro de que Lucio y Cato tenían miedo de haberse metido en un problema y habían mandado a José a averiguar sobre su víctima—. No sé por qué no vino al colegio. Pregúntele a sus amigos qué le hicieron a Alí ayer. Allá lo están esperando —lo hizo sentir bien el dejar a sus enemigos en suspenso. Sin darle tiempo a José de responder, se alejó.

El resto del día pasó con una lentitud desesperante. Emilio estaba inquieto y preocupado. Los tres patanes evitaron volver a cruzarse en su camino. Vio que lo observaban a la hora de almuerzo, pero no le volvieron a dirigir la palabra. Por primera vez estaba en una situación ventajosa que no desaprovecharía.

Clara y Emilio fueron a la casa de Alí después de clases. Su mamá no lo había dejado ir al colegio, lo había llevado al médico y le había diagnosticado una leve conmoción cerebral.

Emilio, sintiéndose menos preocupado por Alí, volvió a su casa después de haber acompañado a Clara a la suya, maquinando por el camino el plan que tenía entre manos.

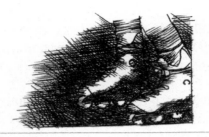

# Aprendiendo a patinar

—¿Qué hacía con ese pañuelo en la cabeza y esos muchachos tan extraños? —le preguntó Emilio a su hermano tan pronto éste entró a la alcoba esa noche—. Son unos grandulones con caras de pocos amigos.

—¿Qué muchachos? ¿De qué está hablando? —Jaime se puso pálido y se sentó sobre la mesa.

—No se haga el idiota. Ayer cuando fui a comprar unos tomates que me encargó mamá lo vi hablando con ellos. ¿Desde cuándo se volvió pandillero? A papá no le hubieran gustado sus amigos. Las maestras dicen que las pandillas hacen cosas horribles. ¿Eso es verdad? —lo que Emilio había oído sobre las pandillas le ponía los pelos de punta. Sin embargo, la idea de pertenecer a una en cierta forma le atraía. Debía ser emocionante. Pero... él, nunca...

—¿Quién le dijo que éramos una pandilla? Para su información, no lo somos. Somos amigos y nos reunimos a pasarla bien —Jaime se quitó los zapatos y los pantalones y se metió en la cama.

—Entonces, ¿por qué tenían pañuelos en la cabeza y hablaban de hacer maldades?

—Sólo estábamos pasando el rato, hablando por hablar. Duérmase y déjeme en paz —Jaime apagó la luz—. Y cuidado con contarle a mamá.

—No quiero que le pase nada malo —Emilio no quedó muy convencido de la inocencia de su hermano. En su pueblo no había pandillas.

—No hacemos nada peligroso. A mis amigos les gusta divertirse. Eso es todo. Olvídese del asunto y déjeme dormir.

—Bueno, pero acuérdese que papá siempre decía que usted tenía que enseñar y darnos buen ejemplo a Victoria y a mí. No queremos hacer cosas malas —Emilio esperó algún comentario de su hermano, pero no hizo ninguno.

Se prometió espiar a Jaime y a sus amigos. Por el momento, dejó de pensar en ellos. Tenía por delante un evento emocionante que lo llenaba de alegría y ansiedad. "El pobre de Emilio" estaba invitado, con sus amigos, a una celebración muy especial.

Emilio se quedó dormido tratando de imaginarse la pista de patinaje y el elegante restaurante al que irían.

Los días pasaron lentamente. Emilio esperaba ansioso el acontecimiento. Estaba nervioso y a veces sentía temor de ir a un lugar tan desconocido para él.

—¿Puedo ir con usted? —preguntó Victoria, haciéndole ojos a Emilio—. Mi amiga Minerva dice que patinar es fácil y que se siente como caminar por las nubes.

—Le he dicho muchas veces que no puede ir. Catalina me invitó sólo a mí —Emilio se peinaba frente al espejo en el cuarto de su madre.

El chico estaba agitado. Las emociones encontradas lo mantenían en ascuas. El entusiasmo y el temor se turnaban. Se había bañado y se había puesto su mejor traje, una camisa blanca que había heredado de Jaime y unos pantalones que le había comprado Herminia cuando empezó el colegio.

—Nadie me lleva a ningún lado. Todos son malos, y no los quiero —Victoria salió cerrando la puerta de un golpe.

Emilio terminó de peinarse por quinta vez, y salió en busca de su madre.

—Mamá, ¿envolvió el regalo?

—¡Está sobre la mesa de la cocina! —gritó Herminia desde algún rincón del apartamento.

—¡Me voy! —gritó Emilio, tomando el libro que le llevaba de regalo a Catalina. Su mamá insistió en comprar algo que lo hiciera quedar bien. Habían encontrado una rebaja en una librería en el centro. El libro tenía una cubierta azul cielo que a Emilio le pareció bonita y un título sofisticado que ni él ni su mamá podían pronunciar.

—Déjeme verlo —Herminia dejó de lado lo que estaba haciendo para inspeccionar al muchacho—. Está muy guapo, hijo. Ve que sí puede lucir bien cuando quiere —le dio media vuelta—. Acuérdese de dar las gracias y...

Emilio no oyó el resto del sermón, ya había salido del apartamento y bajaba por las escaleras a toda velocidad, antes de que se arrepintiera y se devolviera para esconderse del mundo como lo había hecho otras veces. Aunque tenía que reconocer que ya no era tan huraño como cuando recién llegó. De todas maneras no se sentía muy tranquilo con la idea de tener que aprender a patinar.

Varias veces Emilio dudó en seguir adelante, pero continuó su camino. Había quedado de encontrarse con Alí en la casa de Clara para ir juntos hasta donde Catalina. Batalló con sus miedos y temores, hasta que se encontró frente a la puerta de la casa de su amiga.

—Estoy tan entusiasmada que no sé qué hacer —dijo Clara al abrirle la puerta.

La chica estaba muy bonita, lucía una blusa roja y pantalones blancos. Emilio la miró sin pestañear.

—Yo también —Emilio no le quitaba los ojos de encima a la muchacha que había sido como su ángel de la guarda desde que se conocieron. Tenía el cabello tan brillante que Emilio quería tocarlo, pero no se atrevió.

—¿Qué le pasa, Emilio? Tiene una mirada extraña.

—Nada —Emilio se azaró—. ¿Dónde está Alí?

—No sé. Ojalá llegue pronto, tenemos que estar donde Catalina en unos minutos. Voy a traer el regalo. Ya vuelvo —Clara entró en la casa y regresó casi de inmediato con un paquete pequeño entre sus manos.

—Allá viene —dijo Emilio al ver a Alí doblar la esquina.

El trío caminó en silencio hasta la casa de Catalina, que quedaba a una cuadra de allí. No parecían dispuestos a poner en palabras lo que estaban pensando.

Minutos más tarde Emilio se encontró en el interior de una camioneta llena de chicos —la mayoría niñas— que manejaba la mamá de Catalina. Se sentía viajando entre las nubes.

—No se separen, manténganse juntos. No quiero que se pierda ninguno —dijo la mamá de Catalina que tenía el mismo pelo rojo de su hija.

Emilio siguió detrás del grupo como si fuera un robot.

—¿Le gusta? —le preguntó Clara, riéndose nerviosa.

—Sí —Emilio tenía los ojos fijos en la pista de patinar.

—Tiene miedo de caerse y de hacer el ridículo, ¿cierto?

—Creo que sí —Emilio continuaba como una estatua.

—Si esos niños que están patinando lo pueden hacer, no veo por qué nosotros no podemos —Clara parecía estar convenciéndose a sí misma de lo que decía.

La mamá de Catalina se detuvo frente a la entrada de la pista.

—Voy a comprar los boletos. Vayan a ponerse los patines.

Emilio se sintió más ignorante que nunca. No sabía montar en bicicleta —ni siquiera tenía una— y patinar era algo que no conocía.

Antes de que su mente estuviera lista para asimilar la situación, Emilio se encontró asido al muro para no caerse, y del que esperaba continuar aferrado por el tiempo que fuera necesario.

—No haga esa cara de susto, es vergonzoso —Clara se acercó cogida de la pared con más gracia y menos temor que Emilio—. Espero no parecer tan asustada como usted.

—No puedo evitarlo. ¿Cómo puede uno balancearse sobre una cuchilla con ruedas? Emilio miraba sorprendido a las personas que con facilidad daban vueltas y vueltas como si fueran hechos de caucho.

—¿Por qué están todavía pegados a la pared? Hace rato los estoy observando y no se han atrevido a moverse —les dijo un hombre acercándose a ellos.

—No sabemos patinar —dijo Clara como si estuviera confesando un pecado.

—Yo les enseño. Me llamo Tomás y trabajo aquí. Vamos, ponga el pie derecho adelante que yo la guío —Tomás tomó a Clara del brazo—. Ahora vuelvo por usted.

Emilio no dijo nada. Se quedó mirando a la pareja que se movía por entre los patinadores. Clara parecía reacia a dejarse llevar. Se tropezó varias veces antes de lograr sostenerse para que Tomás pudiera continuar con su clase. Emilio temía el momento de aventurarse hacia la mitad de la pista. Tenía tiempo de salir y esperar a los demás en terreno más firme, antes de que el instructor regresara por él.

—¿A dónde va? —le preguntó Alí al pasar a su lado.

—Voy a esperar afuera. Yo no puedo aprender esto —Emilio deseaba salir de allí lo más pronto posible.

—¿Se dio por vencido antes de ensayar? —Alí lo miró con una seriedad desconocida.

—Yo no soy como usted que hace de todo. ¿Cuándo aprendió a patinar?

—En esta clase de patines aprendí el año pasado cuando mi primo Abdul vino a visitarnos. Él vive en Nueva York y me enseñó. Si se relaja y deja los nervios, seguro que lo puede hacer. Ponga atención y mire cómo lo hago —Alí se alejó demostrando sus habilidades en patinaje.

—¿Listo? —la voz de Tomás lo sobresaltó. Emilio estaba concentrado, observando a su amigo.

—No, no estoy listo. Yo mejor espero ahí afuera —Emilio, pegado al muro, empezó a resbalarse hacia la salida.

—Esperar es muy aburrido. Vamos.

Antes de que Emilio tuviera tiempo de responder, Tomás lo había empujado suavemente, haciendo que se soltara del muro al que se aferraba.

—¡Vaya, Emilio! —gritó Alí.

Emilio estaba seguro de que se caería y se rompería la nuca, las piernas y todos los huesos del cuerpo. Se aferró de Tomás como una garrapata.

—Déjeme ir —su pánico había llegado al máximo.

Tomás no se dio por aludido.

—Fíjese en mis pies y trate de hacer lo mismo con los suyos. Ponga el pie derecho adelante y empújese con el izquierdo y... —Tomás le siguió dando instrucciones a Emilio, guiándolo y sosteniéndolo.

—Seguro que lo puede hacer, Emilio —oyó que alguien gritaba. No levantó la cabeza para ver quién le hablaba, necesitaba concentrarse por completo.

Después de darle la vuelta a la pista varias veces, sostenido por Tomás, Emilio empezó a relajar los músculos y a sentir que tal vez podía ensayar solo.

—Creo que ya aprendió, aunque me costó mucho trabajo. Buena suerte —dijo Tomás, soltándolo en la mitad de la pista—. No pare, continúe patinando.

Emilio creyó paralizarse del susto.

—No me suelte, venga.

¿Cómo iba a salir de allí? Se tropezó pero no se cayó, pudo seguir patinando, casi sin darse cuenta. Patinó y patinó, llenando sus pulmones del aire que lo golpeaba al ganar velocidad.

Era como si otra persona se hubiera apoderado de su cuerpo. Qué sensación tan maravillosa, sensación de libertad, de poder y de algo tan único que Emilio no pudo identificar. Dio vueltas y vueltas como si tuviera alas. Su cuerpo ágil y libre de temores se movía sobre los patines como si hubiera nacido con ellos puestos.

Clara lo alcanzó en una de las vueltas.

—Le dije que podía hacerlo. Lo hace mucho mejor que yo, que apenas me mantengo de pie. Mire cómo de pronto empezó a patinar como si fuera un campeón. Estoy sorprendida.

—Gracias —Emilio aminoró la velocidad—. Yo estoy más sorprendido. Es un milagro que no podría explicar. Vamos a patinar juntos.

Clara y Emilio patinaron sin parar hasta que Catalina se les unió.

—Qué bueno que se estén divirtiendo. Emilio, ¿no había dicho que no sabía patinar?

Emilio se sintió orgulloso hasta el punto de creer que iba a explotar. Con una sonrisa que no le cabía en la cara dijo:

—No sabía que pudiera hacerlo. Nunca me había puesto unos patines. Cuando Tomás me sacó, casi obligado, estaba muerto del miedo. No me explico qué pasó. De pronto empecé a patinar como si estuviera deslizándome sobre las nubes.

—Me alegro mucho. Ya es hora de irnos para el restaurante —dijo Catalina.

—¿Alcanzo a dar otra vuelta? —preguntó Emilio.

—Otra vuelta y no más —Clara le hizo eco a Emilio.

—Está bien, pero sólo una vuelta. Mi mamá nos está esperando para llevarnos al restaurante. Nos vemos a la salida. Tengo que ir a buscar a los otros —Catalina se deslizó en sus patines y desapareció.

El resto del día pasó como un sueño del que Emilio no quería despertar. El restaurante dejó al chico boquiabierto. Era un lugar hermoso, con lámparas de cristal que iluminaban un salón lleno de mesas con manteles blancos, donde comían personas elegantes y sonrientes. Emilio comió y gozó cada minuto. Desde antes de la muerte de su papá no sabía lo que era pasar un día tan feliz.

Oscurecía cuando Emilio regresó a su casa al final de un día que nunca olvidaría. Herminia salió a la puerta a recibirlo.

—Emilio, hijo, qué bueno que haya llegado. ¡Dios mío! Tiene que ser un error, tiene que ser —Herminia se dejó caer en una silla, se cogió la cabeza con las dos manos y se volvió a poner de pie.

—¿Qué pasa, mamá? —un frío helado le pasó a Emilio por el cuerpo.

—La policía acaba de llamar, dicen que Jaime está en la cárcel. Pero, ¿por qué va a estar Jaime en la cárcel? Debe de ser otro Jaime. Hijo, quédese aquí con Victoria. Tengo que ir a buscar a su hermano. Seguro que es un error —Herminia continuó repitiendo la frase hasta que salió, dejando a Emilio en completo desconcierto.

Él sintió que el mundo se le venía encima. No era la manera de terminar uno de los días más felices de su vida. ¿Qué había hecho Jaime?

"¿Por qué no hice algo? Papá, no deje que le pase nada malo a mi hermano, por favor".

# Tiempos difíciles

Emilio esperó varias horas a que su mamá regresara, hasta que finalmente se quedó dormido en una silla.

—Emilio, Emilio, levántese, váyase a dormir a su cama —dijo Herminia con voz temblorosa.

—¿Qué? Mamá... ¿Qué horas son? ¿Dónde está Jaime? —Emilio se despertó con el corazón pesado. En el primer momento no supo por qué estaba dormido en la silla con la luz prendida—. ¿Qué pasó, mamá? ¿Jaime está en la cárcel?

—La policía dice que es un pandillero y que la pandilla asaltó una escuela y se robó el dinero de la cafetería. Jaime no puede haber hecho algo así. Él es un buen muchacho —Herminia sollozaba entre palabra y palabra.

—¿Lo vio? ¿Qué le dijo?

—Me dejaron verlo por unos minutos. No hizo sino decir "lo siento, mamá". No contestó a mis preguntas. Mi pobre hijo. Dios mío, ayúdanos. Hice lo que pude para que lo soltaran pero no logré nada.

—Es cierto que Jaime andaba con unos muchachos muy raros. Yo lo vi el otro día con ellos. Tenían pañuelos en la cabeza y hablaban de hacer maldades —Emilio sintió un dolor en la boca del estómago—. Le iba a contar, pero no quería que Jaime se enojara conmigo. ¿Podemos hacer algo? Llamemos al tío Pedro para que nos ayude a sacarlo de la cárcel.

—Claro, cómo no se me había ocurrido antes. Su tío sabrá qué hacer. Que ande por ahí con muchachos extraños no quiere decir que Jaime sea como ellos —la mujer se puso de pie, lista a pelear por su hijo. Dio un paso y retrocedió—. Es muy tarde para llamar. Mañana a primera hora me comunico con Pedro. ¿Victoria está dormida?

—Sí, se acostó como a las nueve. No le dije nada de lo que había pasado. Quería quedarse levantada esperándola, pero yo le dije que Jaime le estaba ayudando en la tienda, y que volverían tarde —Emilio quería irse a dormir. No le gustaba tener que portarse como un adulto, hablando y pensando sobre cosas que no entendía del todo.

—Necesito dormir. Voy a preparar una taza de agua de toronjil. Las hierbas son buenas para los nervios. Vaya a acostarse, hijo —Herminia entró en la cocina a prepararse la bebida.

Al tío Pedro le tomó tres días conseguir la libertad de Jaime, tres días de angustia que parecía no tener fin. Emilio no le contó lo sucedido a nadie en el colegio. Continuó su vida como si nada hubiera pasado.

—¿Por qué está tan callado últimamente? Desde el cumpleaños de Catalina se porta muy extraño —le dijo Alí a la hora del almuerzo, pocos días después. Los dos chicos hacían fila para servirse.

—No me pasa nada. ¿Por qué lo dice?

—Ya le dije que se ha estado portando muy extraño.

—Los gusanos estos están almorzando. ¿Por qué no comen barro? —Lucio apareció frente a ellos—. Imbéciles, nos engañaron diciéndonos que el idiota de Alí estaba enfermo. Como si nos importara. Espérense a que les hagamos algo que los deje apaleados de verdad —Lucio soltó una carcajada, que más parecía un berrido, y siguió su camino.

Emilio, Alí y Clara habían mantenido a los matones a distancia diciéndoles que Alí estaba esperando los resultados de unos exámenes especiales. Les habían dicho que el médico había encontrado un tumor en la cabeza de Alí, causado por la caída el día en que les pegaron, y que probablemente lo tenían que operar.

—Ignórelos —dijo Alí, buscando un sitio para sentarse a comer.

—Ya no les tengo miedo, no como antes. ¿Sí cree que nos vayan a maltratar? —Emilio no estaba muy convencido de poder escapar de otro ataque.

—¿No dijo que ya no tenía miedo? Olvídese de ellos. Tarde o temprano se tendrán que aburrir de molestarnos. Si se dan cuenta que estamos muertos del susto, nunca dejarán de atormentarnos.

—Ya lo sé. También sé que muy pronto tendrán motivo para respetarnos. Ya lo verá —Emilio puso la bandeja sobre la mesa.

—Olvidémonos de Lucio y sus secuaces y dígame por qué está tan raro —Alí sacó de un bolso el sándwich que su mamá le preparaba todos los días con el pan árabe que a Emilio le había gustado tanto.

Emilio estaba indeciso. No quería que nadie supiera lo que había hecho su hermano. Se avergonzaba.

—Tuve una pelea con Jaime y mi mamá se enojó mucho —no estaba mintiendo. Cuando Jaime llegó a la casa después de tres días de cárcel se puso furioso con él y tuvieron la peor pelea de su vida. Herminia estaba muy disgustada con los dos.

—Yo no tengo hermanos, nadie con quien pelear. Somos sólo mi mamá y yo.

—¿Dónde está su papá?

—No lo sé. Mamá dice que se fue cuando yo era un bebé y que nunca supo más de él. Ojalá lo hubiera conocido —Alí se puso triste—. Un hermano de mamá nos ayudó a conseguir los papeles para venir a este país y le consiguió trabajo.

—Yo tampoco tengo papá —Emilio hizo una pausa. No quería hablar de él, no después de lo que había hecho Jaime. Él sabía que a su padre no le habría gustado nada lo que había pasado. Hacía días que no hablaba con él. Sospechaba que el espíritu de su papá estaba molesto por lo sucedido—. Ya terminé, tengo que irme a estudiar matemáticas.

—¿Por qué matemáticas? No tenemos examen mañana.

—No le puedo decir todavía. Si logro hacer realidad lo que tengo planeado, le digo de qué se trata —Emilio se puso de pie para irse.

—No me gustan sus misterios. Creí que éramos amigos. ¿Por qué no me cuenta? —insistió Alí.

—No quiero echar a perder todo contándole, es de mala suerte. Nos vemos más tarde —Emilio se alejó antes de que su amigo hiciera que le dijera lo que no quería decirle a nadie, no todavía. Alí era persistente cuando quería averiguar algo.

Se arrepintió de haberle mencionado el asunto a Alí. Había planeado mantener en secreto el proyecto. Estaba resuelto a salir adelante como fuera. Era la única forma de llegar a donde él quería y mostrarle a su familia, compañeros, amigos y enemigos que era igual o mejor que otros.

La profesora de matemáticas les había hablado hacía poco sobre el concurso que tendría lugar en unas semanas. Al principio no consideró la posibilidad de competir, casi ninguno de sus compañeros le había puesto atención al evento.

La inspiración le había llegado de repente, cuando hablaba con Clara, días después de que la maestra les había hablado del concurso. Emilio estaba seguro de que su papá había tenido algo que ver en el asunto. Desde ese momento decidió hacer lo que fuera para ganar la competencia.

A Emilio le gustaba aprender, y se había dado cuenta de que era bueno con los números. Alí se lo había dicho varias veces. Durante las próximas semanas tendría que llegar a ser el mejor si quería ganar.

—¿Quiere ir con Marcia, Pablo y conmigo a cine el sábado? —le preguntó Clara una tarde a la salida de clases.

—Este sábado no puedo —Emilio empezó a caminar rápido, evitando tener que explicarle a Clara por qué no podía hacer nada con ella ni con nadie por varias semanas.

—¡Espere, Emilio! Caminemos juntos. Quiero que hablemos —Emilio la oyó pero se hizo el sordo, aunque hubiera dado cualquier cosa por ir a cine con Clara. Dudó por un momento.

—Espero que valga la pena —dijo mientras caminaba hacia la biblioteca.

No era fácil estudiar en su casa. Su mamá lo mandaba a conseguir o comprar esto o aquello, y Victoria quería que jugara con ella desde el momento en que llegaba. Fuera de eso, ahora que Jaime estaba castigado y no podía salir después del colegio, había resuelto hacerle pagar por haberle contado a su mamá sobre sus andanzas.

—¿Dónde estaba? —le preguntó Herminia—. Cada día llega más tarde. ¿No estará también en algún lío? No soportaría otro... Se supone que están aquí para aprovechar las oportunidades que no tenían en el campo y no para que se metan en problemas.

—Estaba estudiando en la biblioteca. Quiero tener buenas calificaciones. ¿Por qué no me cree? Yo no soy Jaime.

—¿Cómo quiere que le crea? Nunca pensé que su hermano fuera a parar en una pandilla, y mucho menos en la cárcel.

—Puede ir a buscarme cuando quiera. Yo no digo mentiras —Emilio puso los libros sobre la mesa de la cocina.

—Ya llegó San Emilio —dijo Jaime, entrando.

Emilio no hizo ningún comentario. No estaba de humor para otra pelea con su hermano.

—¿Ya vamos a comer, mamá?

—En un minuto. Llame a Victoria. Jaime, ponga la mesa.

—¿Por qué yo? Emilio está encargado de hacerlo —Jaime dio media vuelta y salió de la cocina.

—¡Jaime, venga de inmediato! Es que cree que por ser el mayor no tiene responsabilidades. He sido demasiado complaciente con usted, y esto no ha sido bueno. Haga lo que le ordeno —la voz de Herminia se suavizó, como si le temiera a su hijo mayor.

Emilio salió a buscar a su hermana. Jaime masculló algo que ella no entendió.

Comieron en silencio, como lo habían hecho desde que Jaime salió de la cárcel. Era como si la vergüenza hubiera aterrizado sobre ellos. No hablaban de lo que había pasado. No hablaban de nada. Incluso Victoria se daba cuenta de que algo raro sucedía en su familia.

Emilio cavilaba sobre el difícil camino que tenía por delante. A pesar de sus dificultades en la casa y en el colegio, estaba decidido a hacer lo que se había propuesto.

"Papá, necesito su ayuda. Quiero ganar ese concurso. No sé si seré capaz, pero algo dentro de mí me dice que siga adelante", Emilio se puso la mano sobre el pecho. "¿Puede mover alguna palanca allá arriba? Estaría muy agradecido. Buenas noches", rezó antes de cerrar los ojos y quedarse dormido.

# El examen

—De una vez por todas dígame qué le está pasando, Emilio —Clara lo estaba esperando a la salida de la clase de ciencias—. ¿Por qué huye de todos? ¿Le hicimos algo?

—No, claro que no. Usted es la mejor amiga que he tenido en mi vida. De verdad que me gusta mucho —Emilio se asustó y dio un brinco hacia atrás. No había sido su intención poner en palabras sus sentimientos hacia Clara, aunque hacía mucho quería decirle algo que no podía explicarse ni a él mismo, pero no había sido capaz de hacerlo. El corazón le latió con fuerza y no supo qué hacer.

Clara soltó el libro que tenía en la mano. Se agachó a recogerlo y así esconder su turbación. Se quedaron callados por una eternidad.

—Entonces, ¿por qué se porta como si no quisiera estar con nosotros? —preguntó Clara, recuperando su compostura.

—No tiene nada que ver con ustedes, créame. No le puedo decir de qué se trata por ahora. Quiero que sea una sorpresa, si es que sucede —Emilio evitó mirar a Clara a los ojos.

"¿Entendería lo que le había dicho? ¿Se habría dado cuenta de lo mucho que le gustaba?", se preguntó Emilio una y otra vez.

—No me gusta tanto misterio. ¿Cuándo va a volver a ser el Emilio de antes? Déjeme saber cuándo podemos volver a ser amigos. Voy tarde para clase de dibujo.

—Sí, yo también voy tarde. Soy su amigo aunque esté actuando raro.

—Se está creyendo muy fresco y muy importante desde hace un tiempo. Eso no está bien —dijo José, acercándose a Emilio durante el recreo.

—¿Desde cuándo hablamos y somos amigos? —Emilio miró a José con desconfianza—. Usted nunca ha sido amable conmigo y no ha hecho sino hacerme males. No veo por qué espera que le hable.

—Sólo... bueno... Fue idea de Lucio y de Cato molestarlo.

¿Qué estarían planeando sus enemigos? Emilio no creía que el muchacho que tenía

enfrente se hubiera convertido en un bona-
chón de la noche a la mañana.

—¿Qué se trae entre manos?

—Nada, sólo creí que podíamos ser amigos —José se miraba los zapatos.

—¿Por qué ahora? ¿Peleó con Lucio y
Cato? Seguro que lo mandaron a hablar conmigo por algún motivo. No me venga con el
cuento de que quiere ser mi amigo —Emilio
esperaba lo peor. La actitud de José lo ponía
nervioso.

—No quiero seguir más con ellos, son...
bueno, no hablemos de ellos. Sé que me por-
té muy mal y lo siento —José parecía estar
realmente arrepentido.

—No sé... ahora tengo que irme —Emilio no esperó a que José le respondiera. No
sabía qué pensar sobre lo que le había dicho.
Le podía estar diciendo la verdad, o le estaba
tendiendo alguna trampa en la que no tenía
intenciones de caer.

Las siguientes semanas pasaron como en un torbellino. Emilio apenas hablaba con su familia y evitaba encontrarse con sus amigos, y más aún con sus enemigos. Todos parecían haberlo olvidado, mirándolo como si fuera una figura casi invisible que entraba y salía de su casa y del colegio sin que se notara.

Clara y Alí estaban enojados con él. "Peor para ellos", pensó Emilio.

—Espero que valga la pena todo esto —dijo en voz baja la noche anterior a la competencia, antes de acostarse. No había sido su intención ofender a las personas que tenía a su alrededor, pero no se sentía capaz de enfrentar la derrota si no ganaba, y no quería que nadie lo supiera.

Al fin llegó el esperado y temido día, el día que podría cambiar su vida para siempre. Debía apresurarse a tomar el autobús hasta el centro de la ciudad donde tendría lugar la competencia.

Sólo la maestra de matemáticas y Herminia sabían del proyecto. Le había tenido que contar a su mamá para que no lo acosara con mandados y trabajo. Le dolió darse cuenta de que ella no parecía confiar en él y que no esperaba que pudiera ganar el concurso, lo que hizo que Emilio se empeñara aún más en ganarlo.

—Hasta la tarde, mamá; ya me tengo que ir. No quiero llegar tarde —Emilio daba vueltas en la cocina como si buscara algo.

Herminia, todavía en ropa de dormir, entró en la cocina frotándose los ojos cargados de sueño.

—Tiene que desayunar primero. ¿Qué busca? ¿Para dónde va a estas horas? No son las siete todavía.

—Hoy es el concurso de matemáticas. ¿Se le había olvidado? Nunca le presta atención a lo que yo hago. Si gano, puedo concursar a nivel nacional y ganarme una beca. ¿No es eso lo que quiere? Desde que vinimos no hace sino decir que debemos aprovechar que estamos aquí... y toda la retahíla que nos echa cada rato. Apuesto a que si hubiera hecho algo malo, sí se hubiera dado cuenta —Emilio continuaba paseándose por el lugar.

—¿Es hoy? Es difícil mantenerse al día. Hay tanto que hacer. Espero que le vaya bien. Usted siempre tan quisquilloso —Herminia lo miraba como si no entendiera lo que Emilio decía.

—Seguro que si fuera Jaime se hubiera acordado —el resentimiento que Emilio llevaba guardado continuó saliendo a flote.

—No diga eso. Usted es un buen muchacho y no tengo que preocuparme por lo que hace, por lo menos por ahora. Siéntese y cómase el cereal que le serví.

—No puedo comer. Estoy demasiado nervioso. De todas maneras ya sabe que no me gusta el cereal —Emilio no creía poder pasar ni un sorbo de agua.

—Cómase esta arepa que le voy a calentar —Herminia sacó de la alacena una de las arepas que había preparado la noche anterior.

—No tengo tiempo, mamá.

—No puede pensar bien si no come. No me discuta —Herminia sacó un sartén, le roció aceite y empezó a funcionar como autómata—. Llame a Jaime y a Victoria mientras caliento el desayuno. Ya es hora de que se levanten.

Emilio obedeció sin refunfuñar. Era más fácil que discutir con su mamá. Se sintió culpable de haberla hecho sentir mal. Él sabía que su madre lo amaba, pero le molestaba que prefiriera a su hermano.

—Estaba deliciosa. Adiós.

—Buena suerte, hijo.

—Gracias —Emilio tomó otra arepa y salió corriendo. Su mamá tenía razón, debía comer. Se la comió mientras esperaba el autobús.

Emilio sintió las piernas como si fueran de algodón al entrar en el salón donde tendría lugar la competencia. Había llegado temprano. Como no conocía bien el área, la maestra le había dibujado un mapa, pero de todas maneras tuvo que pedir indicaciones en una floristería.

Ya había algunos estudiantes esparcidos por el lugar. Emilio se sentó en la parte de atrás del salón a esperar. Las manos le sudaban y tenía la boca seca. En pocos minutos el salón se llenó de estudiantes.

Una mujer de mirada severa hizo su entrada.

—Buenos días.

—Buenos días —contestaron al unísono los estudiantes.

—La primera parte de la competencia es un examen escrito y la segunda es oral. Tienen dos horas para terminar el examen escrito —la voz de la mujer llegó a los oídos de Emilio como si viniera de otro mundo.

Un joven menudo y sonriente repartió los exámenes. Emilio fijó la vista sobre los papeles que acababa de recibir y no los pudo leer. Las letras bailaban sobre la página como si se estuvieran riendo de él.

"¡Dios mío!", la exclamación explotó en la mente de Emilio. "¿Qué me está pasando?", el muchacho cerró los ojos por un momento. Los volvió a abrir despacio, mirando de reojo el papel que tenía sobre el escritorio. Las letras y los números habían vuelto a su sitio, formando palabras y cantidades que Emilio leyó lentamente.

—Pueden empezar —ordenó la mujer.

Le tomó varios minutos hacer que su mente se concentrara en lo que estaba haciendo. Poco a poco, la confianza y la calma, que creyó haber perdido, regresaron. Emilio terminó el examen media hora antes, y tuvo tiempo de verificar lo que había escrito.

Después de un corto receso, en que Emilio tomó agua y fue al baño a echarse agua fría en la cara, volvió a su asiento. Necesitaba estar tan fresco y despejado como le fuera posible para presentar el examen oral.

—Daniel Arcila, pase al tablero y escriba las siguientes ecuaciones.

Emilio entró en estado de pánico al oír la voz llamando al primer concursante. Un jurado de dos hombres y dos mujeres le disparaban toda clase de preguntas al pobre muchacho al que le había tocado el primer turno.

Uno por uno fueron pasando chicos y chicas. Dos muchachas y un chico alto habían salido llorando. Otros se habían convertido en momias humanas, como si el habla se les hubiera borrado de sus cerebros. Varios habían contestado y escrito respuestas y resultados que Emilio no pudo entender.

—Emilio Orduz.

Le tomó un momento darse cuenta de que lo habían llamado. Sin sentir el piso debajo de sus pies, Emilio caminó hasta quedar frente al jurado. Oyó que alguien preguntó algo que no entendió.

—¿Puede repetir la pregunta, por favor? —Emilio estaba a punto de salir corriendo hasta su pueblo del que nunca debió salir. Iba a hacer el ridículo, al que siempre le había temido.

"Emilio, seguro que puede hacerlo. Ha estudiado y se ha preparado para este día.

Vamos, responda", era la voz de su papá, tan clara como nunca antes la había oído. "Estoy muy orgulloso de usted, hijo".

Desde ese momento Emilio se convirtió en otra persona. Contestó cada pregunta y escribió números y ecuaciones, resolviendo problema tras problema. No había nada que no hubiera podido hacer.

—Felicitaciones, estuvo increíble —le dijo una chica a la salida—. Lo he visto en el colegio. Yo estoy un año más atrás.

—Gracias. No me acuerdo haberla visto antes. ¿Hay más estudiantes de nuestro colegio concursando?

—Hay dos más. Probablemente no los conoce. Yo no los había visto antes. De todas maneras espero que gane. Hasta luego —dijo la chica sonriéndole.

"¿Ganar? ¿Yo, ganar?", a Emilio le daba miedo considerar la posibilidad para la cual se había preparado con tanto esfuerzo.

Mientras caminaba hacia el paradero del autobús, Emilio se hacía ilusiones que no se atrevía a acariciar.

"Gracias, papá. Espero no defraudarlo". El sonido del motor del autobús que se acercaba le puso fin a la cascada de pensamientos que atiborraban su mente.

# Un día de suspenso

—¿De verdad quiere ir al cine con nosotros? Creí que no tenía tiempo para amigos
idiotas —dijo Alí al día siguiente, a la salida
de clases.

—Sí, claro que quiero ir. ¿Quién dijo que
eran idiotas? —Emilio acariciaba el libro en el
que guardaba el papel que lo tenía tan emocionado—. Tuve algo muy importante que
hacer.

—Lo que está diciendo es que viene con
nosotros cuando no tiene un plan mejor, por
eso resolvió acompañarnos al cine —la voz
de Clara iba cargada de ironía, sorprendiendo
a Emilio.

Clara y Emilio no habían hablado desde el día en que él le dijo lo mucho que le gustaba. Desde entonces habían evitado encontrarse.

—No son justos conmigo. Yo estaba... No les puedo contar todavía, pero no tiene nada que ver con ustedes que son mis mejores amigos —en ese momento no podía pensar en nada más que en el papel que guardaba en su libro de matemáticas.

—Bueno, dejémoslo así, aunque no estamos contentos con su comportamiento —dijo Alí, todavía disgustado con Emilio.

—Pronto entenderán por qué lo hice —Emilio no hizo ninguna aclaración al respecto y ellos no le preguntaron—. Me encantan los viernes y hoy es viernes. ¿Qué película vamos a ver? —Emilio sonrió. Se sentía bien de estar con los chicos que le habían hecho la vida más agradable desde que los conoció.

—No sabemos todavía. Están dando tantas películas buenas que va a ser difícil escoger —intervino Marcia, uniéndose a ellos.

—Ojalá pudiéramos ver alguna de las películas de estreno, en lugar de ir siempre a los teatros baratos donde las muestran casi un año después —comentó Alí.

—Tarde o temprano las vemos todas. En mi pueblo no había teatros de cine —por primera vez Emilio encontró algo que fuera mejor en la ciudad que en su tierra.

—Nos vemos a la seis frente a la taquilla. Tengo que irme, mamá necesita que le ayude con un pastel que va a hornear —Clara le volvió a sonreír como lo hacía antes.

—Nos vemos más tarde —Emilio le devolvió la sonrisa, sintiendo mariposas volar dentro de su estómago.

Estaba emocionado, ansioso, y a la vez temía la posibilidad de que el papel dentro del libro que acariciaba no significara nada. Al final de clase de matemáticas la maestra le había dado una invitación para asistir a la ceremonia de premiación. ¿Qué tal si...? No, probablemente habían invitado a los otros concursantes, también. ¿Lo habrían hecho? Su mente especulaba, soñaba, esperaba...

—No quiero pensar más en el concurso —susurró Emilio de camino a su casa, recordando la sonrisa de Clara que le había dejado una sensación agradable y extraña.

Esa noche, después de salir de cine, Emilio, Clara y Alí caminaban hacia sus casas, cuando Emilio, inesperadamente y sin que lo hubiera planeado, dijo:

—Quiero que vayan conmigo el próximo sábado a una ceremonia de premiación a la que me invitaron. ¿Cuento con ustedes?

—¿Premiación? —preguntó Alí—. ¿De qué está hablando?

—Ya lo sabrán. No esperen nada especial. Pensé que sería divertido que fuéramos juntos.

—¿Por qué lo invitaron? —preguntó Clara.

—Es una larga historia. Más tarde les cuento de qué se trata.

—¡Emilio! —exclamó Alí, molesto—. Estoy cansado de sus misterios. ¿Por qué no nos dice en qué está metido?

—Les prometo contarles todo después de la ceremonia. Tengan un poco más de paciencia conmigo.

—¿Sólo quiere que vayamos Alí y yo?

—Sí, por eso esperé a que Marcia, Catalina y Pablo se fueran. Ellos me caen muy bien, y también son mis amigos, pero sólo quiero que vayan ustedes dos. De todas maneras no puedo llevar sino a mi familia. Como no tengo papá, pienso que puedo invitarlos a ustedes. No me hagan más preguntas, por favor —Emilio se puso nervioso, arrepentido de haber caído en la debilidad de invitar a sus amigos—. Nos vemos el lunes en el colegio.

No esperó a que Clara y Alí dijeran nada más. Se alejó, dejándolos que creyeran lo que quisieran. Estaba demasiado emocionado como para estarse quieto. No se decidía a pedirle a Herminia y a sus hermanos que fueran al evento. No quería que su mamá se sintiera desilusionada si no lo mencionaban en el certamen. Jaime se encargaría de recordárselo por el resto de su vida. Odiaba tener que tomar decisiones.

—Mamá, ya le dije que no espere nada. No me van a dar ningún premio. Es sólo una ceremonia. Eso es todo. Seguro que la va a pasar bien —el nerviosismo que le corría a Emilio por el cuerpo no le dejaba ni pensar.

—Deje de decir lo mismo. No pasa nada si no le dan un premio. Puede volver a intentar el próximo año. De todas maneras estoy orgullosa de mi hijo —Herminia le arregló el saco azul que había limpiado y planchado la noche anterior.

—¿Compró vestido nuevo? —Emilio se sorprendió de ver a su madre tan elegante.

Herminia se miró en el espejo del baño donde le ayudaba a Emilio a arreglarse. Sonrió complacida. Un vestido de satín rosado y zapatos de tacón alto habían transformado a la mujer.

—La comadre Carmen me prestó este vestido. Cuando se va a lugares importantes hay que dar buena impresión —se retocó el elaborado peinado que le había hecho una vecina y continuó con el arreglo de su hijo.

—No es un lugar importante; es sólo un auditorio —Emilio se empeñaba en quitarle importancia al evento.

—Apúrese. No quiero que lleguemos tarde —Herminia no resistió la tentación de peinar por última vez el indómito cabello de Emilio, que insistía en tomar el rumbo contrario al deseado—. ¡Victoria! ¿Ya está lista?

—¿Estoy linda? —preguntó la niña dando varias vueltas frente a su madre y su hermano para que pudieran admirar su vestido azul.

—Claro que está muy linda —Herminia tomó a Victoria de la mano—. Le dije a Jaime que nos encontrábamos allá. Ojalá no llegue tarde.

Emilio no hizo ningún comentario. Así eran las mamás, hablando de todo a la vez, siempre organizándole la vida a los hijos. Estaba seguro de que Jaime no iría. Su hermano se había convertido en un extraño desde el asunto de la pandilla. Ya casi ni hablaban.

La familia Orduz entró discretamente al auditorio, con suficiente tiempo para que Emilio pudiera guardarle puestos a sus amigos. Se sentía importante sentado en un lugar tan especial, como decía su mamá.

—Hola —dijo Clara en voz baja—. ¿Me puedo sentar aquí?

—Claro que sí. Les estaba guardando puesto —Emilio se sintió extraño—. Mamá, ésta es mi amiga Clara, una compañera de colegio.

—Mucho gusto, Clara —Herminia miró a la chica de pies a cabeza.

Quince minutos más tarde, el lugar se llenó de gente. Emilio estaba inquieto. ¿Qué estaba haciendo él allí? Había cometido la estupidez de acariciar esperanzas que no se realizarían, y había hecho que su familia y amigos creyeran que algo especial iba a suceder. Ha debido ir solo, así nadie hubiera sabido...

Herminia puso una mano sobre el hombro de Emilio.

—Deje de moverse que me tiene mareada.

Clara soltó una risa tonta y se volteó a hablar con Alí, que se había sentado a su derecha. Herminia parecía poner nerviosa a la niña.

—Señoras y señores.

La voz sobresaltó a Emilio. La ceremonia había empezado. El muchacho se olvidó de todo y de todos, concentrándose en lo que pasaba en el escenario donde un hombre alto se dirigía al público.

—Nos hemos reunido hoy para reconocer el trabajo de algunos estudiantes que se han destacado por su excelente desempeño en los diferentes campos del saber. Los ganadores competirán en el concurso nacional que tendrá lugar a principios del próximo año, y los que queden de primeros podrán competir internacionalmente.

Dos importantes personas, o eso le pareció a Emilio, hablaron de temas que debían ser tan importantes como ellos, pero él estaba demasiado nervioso para ponerle atención a lo que decían. Algo sobre el valor de la educación y otras cosas que los adultos, especialmente los maestros, estaban a todas horas predicando.

El hombre alto tomó la palabra otra vez. Empezó llamando a dos estudiantes. El premio de biología le fue entregado a una chica regordeta y el de historia a otra chica rubia de gafas. Cada vez que el maestro de ceremonias mencionaba un nombre la ansiedad de Emilio se acentuaba.

—El premio... de matemáticas... a Enrique Bueno.

Emilio sintió como si alguien le hubiera dado un golpe en el pecho. ¿Por qué? ¿Por qué lo habían invitado si no había ganado? Estaba seguro de que en el examen le había ido tan bien que se había llenado de esperanza. Su sueño, hecho pedazos, se había convertido en un imposible para el infeliz muchacho. En el fondo de su alma había acariciado la posibilidad de ganar. Su primer impulso fue el de salir corriendo, pero no podía quedar como un mal perdedor. Resignado, se dispuso a aguantar hasta el final.

—El premio de matemáticas le es otorgado a Emilio Orduz.

—¡Emilio, Emilio, lo están llamando! —gritó Clara, saltando en su asiento.

—¿Qué dijeron? —preguntó Herminia al oír el nombre de su hijo.

—¡Mamá, ganó Emilio, ganó! —Victoria, emocionada, emitía agudos chillidos.

Emilio miró a Clara y después a su madre. Estaba en completo estado de confusión. Había oído su nombre pero no lo había registrado. Había cerrado su mente a lo que pasaba en el escenario inmediatamente después de haber oído el nombre del ganador del premio de matemáticas. No había oído que ese primer premio había sido un premio especial para un estudiante que se graduaba ese año.

—¿Por qué están gritando?

—¿No oyó? Vaya a recibir su premio —Clara lo sacó de la silla y lo empujó hacia el escenario.

El piso se hundía bajo sus pies. Su instinto lo guió hasta colocarlo a unos pasos del distinguido personaje que lo esperaba con una sonrisa y un certificado en la mano.

—Felicitaciones y buena suerte —el hombre le estrechó la mano, le dio el certificado y lo empujó hacia su sitio.

—Hijo, estoy muy contenta —Herminia no cesaba de abrazarlo y besarlo.

—Felicitaciones, Emilio —Clara le dio un tímido abrazo—. Estoy muy orgullosa de usted, y feliz de que haya ganado. A mí también me gusta usted mucho —le susurró al oído.

—Bien hecho, amigo —dijo Alí, extendiéndole la mano—. Yo sabía que le iría bien aquí pero no esperaba esto, no todavía. Se lo tenía bien guardado, ¿ah?

—Gracias —Emilio le sonrió a Clara con tal felicidad que tuvo miedo de que todo se esfumara si cerraba los ojos. Había pasado del fondo del abismo a la cima de la dicha. La vida era buena.

La familia Orduz tuvo que esperar más de media hora antes de que lograran salir del auditorio.

—Felicitaciones, hermano —Jaime apareció a la salida.

—¿Dónde estaba? No lo vi adentro.

—Me senté en la parte de atrás. Tenía curiosidad por saber a qué se debía su misteriosa invitación. No tenía idea de qué se trataba. Estoy muy contento y orgulloso de mi hermano pequeño —Jaime miró a Emilio de forma extraña, con una combinación de orgullo y de envidia.

—Gracias.

Los hermanos se abrazaron. El hermano mayor, profundamente conmovido, se apartó.

—¿Qué vamos a hacer con un sabelotodo en la casa? —dijo Jaime tratando de ocultar su debilidad fraternal.

—Felicitaciones, Emilio. Nunca pensé que usted... De todas maneras lo felicito —José le extendió la mano al muchacho del que se había burlado y al que había maltratado durante tantos meses.

Emilio se dio cuenta de que José estaba que se moría de la envidia y de los celos, pero también detectó un tono de respeto en su voz.

—¿Por qué está aquí? —preguntó Emilio sorprendido.

—Un amigo me dijo que lo había visto tomando el examen. Como dos personas conocidas tenían posibilidades de ganar, decidí venir a ver cómo eran esta clase de eventos de niños formales.

A Emilio no se le pasó por alto el desdén con el que se refirió a "los niños formales". De la noche a la mañana, Emilio había dejado de ser el pobre estúpido de Emilio.

—Venga conmigo, por favor —le pidió José.

—¿Por qué? Puede hablar conmigo aquí, aunque no me puedo demorar mucho, mi familia me está esperando —Emilio no confiaba para nada en José.

—Hay una persona que lo está esperando afuera, detrás del edificio. No se preocupe, nadie le va a hacer daño.

—Nosotros estaremos pendientes —dijeron Alí y Clara a la vez.

—¡Ya vuelvo! —le gritó a su familia que esperaba a que terminaran los saludos y felicitaciones.

—Hola —dijo Lucio en voz casi suave, mirándolo en una forma que lo desconcertó—. Sólo quería decirle que le estamos declarando la tregua. ¿De acuerdo?

—¿Por qué ahora?

—Porque así lo quiero. ¿De acuerdo?

—De acuerdo —aceptó Emilio, dándole la mano a su enemigo—. Con la condición de que nunca más me vuelva a llamar estúpido.

—Está bien. Cato está de acuerdo conmigo —Lucio bajó los ojos—. Nos vemos.

—Sí, nos vemos.

—¡Emilio! —gritó Victoria—. Mamá quiere que vayamos a celebrar a un restaurante con sus amigos. ¿No es maravilloso?

—Sí, es maravilloso —contestó Emilio.

"Gracias, papá".

Con la sombra de su padre a las espaldas se encaminó hacia donde lo esperaba su familia, sus amigos y un futuro con mejor cara.